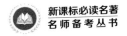
　　诗意语文工作室由全国中语十大学术领军人物、特级教师董一菲老师领衔。目前已广纳全国23省、4个直辖市、3个自治区402位优秀语文教师。诗意语文追求汉语的诗意、思维的诗意、审美的诗意、文化的诗意、理性的诗意，唤醒生命中的诗意，培养师生语文核心素养。

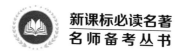

新课标必读名著
名师备考丛书

边 城
精解速读

沈从文◎著　张茵◎导读
董一菲◎主编　张金波◎执行主编

中国国际广播出版社

目 录

作品导读

人生的哀曲　人性的赞歌

——《边城》导读

　　湘西边远小城茶峒，风光优美，民风质朴，似世外桃源。山林葱郁，青竹修茂，溪水清碧，主人公翠翠以风为朋，与日为友，在自然的山水中活泼成长，祖父（老船夫实为翠翠的外祖父，因尊重原文及湘西风俗，下文皆用祖父或爷爷指代）是她在这个世上唯一的亲人。他们在小溪白塔旁摆渡过日子，相依为命。家里有一只黄狗，常常为主人拉绳引船，颇有灵性，是翠翠的好玩伴。

　　两年前在端午节赛龙舟的盛会上，美丽清纯的翠翠邂逅了当地船总的二儿子——被当地人称为"小岳云"的傩送。一场误会之后，二人一见钟情。少女的心事让翠翠渐渐沉默，多了隐秘的畅想。傩送的哥哥天保豪爽大方，喜欢上了翠翠，很快就托人向翠翠的祖父求亲。此时地方上的王团总也看上了傩送，要以当地人都羡慕的碾房作陪嫁，把女儿嫁给傩送。傩送不要碾坊，想娶翠翠为妻，宁愿做个摆渡人。

翠翠的婚姻逐渐成为爷爷的心头大事。翠翠母亲的殉情，是老船夫永远的伤痛，也使他常怀对翠翠未来的隐忧。他用尽全力想给翠翠最好的未来，于是，将婚姻的选择权交给了孙女。

此时，傩送两兄弟知道了对方的心意后，并没有各自忍让或以决斗论胜负，而是按照当地风俗采用公平而浪漫的唱山歌的方式表达感情。

月夜下，高冈上，悠远绵长的歌声将翠翠带到了美妙梦境中，爱情已经到来，以不可回避的姿态。

翠翠在一夜的歌声中领会了爱情的甜蜜，老船夫误以为唱歌的是天保，却无意使天保明白翠翠真正心仪的是傩送。为了远离伤痛，大老外出闯滩，遇意外而死。傩送觉得自己对哥哥的死负有责任，心存愧疚，又因自己的情感不得回应，气愤之下出走他乡。船总顺顺的冷淡、翠翠婚事的波折，让祖父担忧焦虑。风雨交加之夜，渡船消失，白塔倒塌，爷爷忧郁离世。

翠翠在乡亲的帮助下办完了爷爷的丧事，拒绝了船总去家中做二老媳妇的提议，孤独地守着渡船，痴心地等着傩送归来，"这个人也许永远不回来了，也许明天回来！"

出生于湖南凤凰的沈从文，曾经投身行伍，辗转于湘、川、黔边境及沅水流域各地，后几经坎坷，寓居京城。故乡一直是游子魂牵梦绕的精神栖息之所。在社会稍有动荡，仍不失平和的 1931 年，他从思考人性的本质出发，回归梦想中的精神家园，力求于田园牧歌式的生活中寻找迷茫的都市文明的出路。虽然，边城的人们，在"自然""人事"面前不能把握自己命运，翠翠如此，翠翠的母亲亦如此，她们一代又一代重复着悲痛而惨淡的人生，找不到摆脱这种命运的途径，但人间尚有纯洁自然的爱，人生有皈依自然的本性。在湘西的世外桃源里，人性的优美与命运的伤悲缠绵交织，而"各人应得的一份哀乐，为人类'爱'字作一度恰如其分的说明"。

主要人物

身份： 老船夫的外孙女

性格： 纯真美丽、善良温柔、乖巧羞怯

履历： 翠翠是大自然的女儿，是远离世俗、未被污染的"爱"与"美"的化身。她在老船夫的呵护下，无忧无虑地长大。当爱情降临，无处倾诉的少女心情让她多了青春烦恼，更让她对未来有了美丽的憧憬与幻想。她以孝对亲情，以真待爱情，却历经波折。在难以预料的人生中，亲人离去，爱人远走，她却仍然坚守着老船夫的工作与自己的感情，一人在渡口孤独地等候。

身份： 船总顺顺的二儿子，天保的弟弟，翠翠的心上人

性格： 聪明多情、勇敢正直、坦白无私

履历： 他是敬重兄长的弟弟，却并不牺牲自己的爱情，大方地与哥哥公平竞争；他是聪明俊美的"小岳云"，却拒绝碾坊的嫁妆，不计较任何物质得失，坚定自己的选择；他是山中执着的云雀，借助歌声传达情意，热烈地追求爱情，却不被心上人所知；他是水上流浪的孤舟，苦等得不到回应，在失望与内疚中孤独地出走，不知漂泊于何方，不知何时踏上归程。

老船夫

身份： 翠翠的外祖父

性格： 善良纯朴、重义轻利、热心好客、甘守清贫

履历： 老船夫是中国传统美德的典范。他是翠翠的守护人，为翠翠耗尽了一生的心血。他独自将翠翠抚养长大，无比关怀，呵护备至。为翠翠的亲事操心担忧，尽力促成她的爱情，渴盼有人代替自己继续照顾翠翠。害怕翠翠再走母亲的老路，却因天保的死亡造成了翠翠的悲剧，又对此无能为力，在愧疚中孤独离世。

天保

身份： 船总顺顺的大儿子，傩送的哥哥，翠翠的追求者

性格： 豪爽慷慨、真诚善良、勇义兼备

履历： 他喜欢翠翠，就大胆表达，托媒被糊里糊涂地拒绝回来。虽然犯难翠翠太娇，但还是在不知情中坚持追求爱情。知道翠翠喜欢弟弟傩送，就很大度地成全。他为了成全亲情、忘却爱情外出闯滩，意外遇难，客死他乡。

顺顺

身份： 当地船总，天保与傩送的父亲

性格： 慷慨洒脱、急公好义、正直明理

履历： 买船租赁，薄有资产。喜欢结交朋友，常常周济他人。对两个儿子钟爱却不溺爱，训练他们学贸易应酬，懂人情世故。由于天保的死亡、傩送的出走，对老船夫怀有不满，但在老船夫死后，仍帮忙主持丧事，并怜悯翠翠的孤苦，不计前嫌，要保护失怙的孤雏。

必考重点

一

翠翠从小与祖父相伴，在茶峒溪边白塔下生活，风孕育，雨滋养，湘西的青山绿水予她灵秀。她有时帮祖父摆渡，有时与祖父吹竖笛唱嫁曲，有时躺在石头上看太阳、听祖父讲故事，日子宁静而悠闲。

必考段落

由四川过湖南去，靠东有一条官路。这官路将近湘西边境到了一个地方名为"茶峒"的小山城时，有一小溪，溪边有座白色小塔，塔下住了一户单独的人家。这人家只一个老人，一个女孩子，一只黄狗。

小溪流下去，绕山岨流，约三里便汇入茶峒大河。人若过溪越小山走去，则只一里路就到了茶峒城边。溪流如弓背，山路如弓弦，故远近有了小小差异。小溪宽约廿丈，河床为大片石头作成。静静的河水即或深到一篙不能落底，却依然清澈透明，河中游鱼来去皆可以计数。小溪既为川湘来往孔道，限于财力不能搭桥，就安排了一只方头渡船。这渡船一次连人带马，约可以载二十位搭客过河，人数多时则反复来去。渡船头竖了一枝小小竹竿，挂着一个可以活动的铁环，溪岸两端水面横牵了一段废缆，有人过渡时，把铁环挂在废缆上，船上人就引手攀缘那条缆索，慢慢的牵船过对岸去。船将抵岸时，管理这渡船的，一面口中嚷着"慢点慢点"，自己霍的跃上了岸，拉着铁环，于是人货牛马全上了岸，翻过小山不见了。渡头为公家所有，故过渡人不必出钱。有人心中不安，抓了一把钱掷到船板上时，管渡船的必为一一拾起，依然塞到那人手心里去，俨然吵嘴时的认真神气："我有了口粮，三斗米，七百钱，够了。谁要这个！"

但不成，凡事求个心安理得，出气力不受酬谁好意思，不管如何还是有人要把钱的。管船人却情不过，也为了心安起见，便把这些钱托人到茶峒去买茶叶和草烟，将茶峒出产的上等草烟，一扎一扎挂在自己腰带边，过渡的谁需要这东西必慷慨奉赠。有时从神气上估计那远路人对于身边草烟引起了相当的注意时，这弄渡船的便把一小束草烟扎到那人包袱上去，一面说："大哥，不吸这个吗？这好的，这妙的，看样子不成材，巴掌大叶子，味道蛮好，送人也很合适！"茶叶则在六月里放进大缸里去，用开水泡好，给过路人随意解渴。

管理这渡船的，就是住在塔下的那个老人。活了七十年，从二十岁起便守在这小溪边，五十年来不知把船来去渡了若干人。年纪虽那么老了，骨头硬硬的，本来应当休息了，但天不许他休息，他仿佛便不能够同这一分生活离开。他从不思索自己职务对于本人的意义，只是静静的很忠实的在那里活下去。代替了天，使他在日头升起时，感到生活的力量，当日头落下时，又不至于思量与日头同时死去的，是那个伴在他身旁的女孩子。他唯一的朋友是一只渡船和一只黄狗，唯一的亲人便只那个女孩子。

女孩子的母亲，老船夫的独生女，十五年前同一个茶峒军人唱歌相熟后，很秘密的背着那忠厚爸爸发生了暧昧关系。有了小孩子后，这屯戍兵士便想约了她一同向下游逃去。但从逃走的行为上看来，一个违悖了军人的责任，一个却必得离开孤独的父亲。经过一番考虑后，屯戍兵见她无远走勇气，自己也不便毁去作军人的名誉，就心想：一同去生既无法聚首，一同去死应当无人可以阻拦，首先服了毒。女的却关心腹中的一块肉，不忍心，拿不出主张。事情业已为作渡船夫的父亲知道，父亲却不加上一个有分量的字眼儿，只作为并不听到过这事情一样，仍然把日子很平静的过下去。女儿一面怀了羞惭，一面却怀了怜悯，依旧守在父亲身边。待到腹中小孩生下后，却到溪边故意吃了许多冷水死去了。在一种奇迹中，这遗孤居然已长大成人，一转眼间便十三岁了。为了住处两山多篁竹，翠色逼人而来，老船夫随便给这个可怜的孤雏拾取了一个近身的名字，叫作"翠翠"。

翠翠在风日里长养着，故把皮肤变得黑黑的，触目为青山绿水，故眸子清明如水晶。自然既长养她且教育她，为人天真活泼，处处俨然如一只小兽物。人又那么乖，如山头黄麂一样，从不想到残忍事情，从不发愁，从不动气。平时在渡船上遇陌生人对她有所注意时，便把光光的眼睛瞅着那陌生人，作成随时皆可举步逃入深山的神气，但明白了面前的人无机心后，就又从从容容的在水边玩耍了。

老船夫不论晴雨，必守在船头。有人过渡时，便略弯着腰，两手缘引了竹缆，把船横渡过小溪。有时疲倦了，躺在临溪大石上睡着了，人在隔岸招手喊过渡，翠翠不让祖父起身，就跳下船去，很敏捷的替祖父把路人渡过溪，一切皆溜刷在行，从不误事。有时又与祖父黄狗一同在船上，过渡时与祖父一同动手牵缆索。船将近岸边，祖父正向客人招呼："慢点，慢点"时，那只黄狗便口衔绳子，最先一跃而上，且俨然懂得如何方为尽职似的，把船绳紧衔着拖船拢岸。

风日清和的天气，无人过渡，镇日长闲，祖父同翠翠便坐在门前大岩石上晒太阳。或把一段木头从高处向水中抛去，嗾使身边黄狗从岩石高处跃下，把木头衔回来。或翠翠与黄狗皆张着耳朵，听祖父说些城中多年以前的战争故事。或祖父同翠翠两人，各把小竹作成的竖笛，逗在嘴边吹着迎亲送女的曲子。过渡人来了，老船夫放下了竹管，独自跟到船边去，横溪渡人，在岩上的一个，见船开动时，于是锐声喊着：

"爷爷，爷爷，你听我吹——你唱！"

爷爷到溪中央便很快乐的唱起来，哑哑的声音同竹管声，振荡在寂静空气里，溪中仿佛也热闹了些。实则歌声的来复，反而使一切更寂静。

有时过渡的是从川东过茶峒的小牛，是羊群，是新娘子的花轿，翠翠必争着作渡船夫，站在船头，懒懒的攀引缆索，让船缓缓的过去。牛羊花轿上岸后，翠翠必跟着走，送队伍上山，站到小山头，目送这些东西走去很远了，方回转船上，把船牵靠近家的岸边。且独自低低的学小羊叫着，学母牛叫着，或采一把野花缚在头上，独自装扮新娘子。

茶峒山城只隔渡头一里路，买油买盐时，逢年过节祖父得喝一杯酒时，祖父不上城，黄狗就伴同翠翠入城里去备办东西。到了卖杂货的铺子里，有大把的粉条，大缸的白糖，有炮仗，有红蜡烛，莫不给翠翠一种很深的印象，回到祖父身边，总把这些东西说个半天。那里河边还有许多船，比起渡船来全大得多，有趣味得多，翠翠也不容易忘记。

考点提炼

1.《边城》的作者是 _____，文学作品《边城》_____ 等，在国内外有重大的影响，他两度被提名为诺贝尔文学奖评选候选人，不仅是作家，还是历史学家、考古学家。其墓碑正面，文曰："照我思索，能理解我；照我思索，可认识人。"背面，为沈从文姨妹张充和撰联并书，联曰："_____、_____；_____、_____。"

答案：沈从文，《长河》《从文自传》，不折不从，星斗其文；亦慈亦让，赤子其人。

——解析——

  沈从文一生中，有500万字的著作文章，是现代作家中成书最多的一个，20世纪中国最为优秀的文学家之一。《边城》《长河》《从文自传》是他的代表作，在国内外有重大的影响。他的作品被译成日本、美国、英国等40多个国家的文字出版，并被美国、日本、韩国、英国等十多个国家或地区选进大学课本。他两度被提名为诺贝尔文学奖评选候选人。沈从文不仅是作家，还是历史学家、考古学家。他晚年专著《中国古代服饰研究》一书，填补了中国物质文化史上的一页空白。其墓碑正面，是其手迹，曰："照我思索，能理解我；照我思索，可认识人。"背面，为沈从文姨妹张充和撰联并书，联曰："不折不从，星斗其文；亦慈亦让，赤子其人。"

2. 小说以优美的湘西风光开篇，有怎样的作用？

答案：边远的小城、清澈的小溪、静立的白塔，交代了故事发生的环境，营造了淳朴、恬静、优美的意境，奠定了全文田园牧歌式的基调，为翠翠的出场、展现人性的淳朴提供了背景。

解析

"溪流如弓背，山路如弓弦，故远近有了小小差异。小溪宽约廿丈，河床为大片石头作成。静静的河水即或深到一篙不能落底，却依然清澈透明，河中游鱼来去皆可以计数。"边城是人们向往的桃花源，古朴的小城边，小溪、白塔、人家，静谧而悠远。

3. 沈从文用笔极简，寥寥数笔就刻画了栩栩如生的老船夫形象，请找出两个或两个以上的细节说明老船夫的性格。

答案：运用了典型的语言与动作描写。（1）老船夫不论晴雨，必守在船头，表明老船夫忠于职守。（2）过渡人给钱不要。管渡船的必为一一拾起，依然塞到那人手心里去，俨然吵嘴时的认真神气："我有了口粮，三斗米，七百钱，够了。谁要这个"。用拿钱买茶叶和草烟、草烟对需要的过渡人慷慨奉赠、茶叶用开水泡好给过路人随意解渴，来表明老船夫重义轻利、质朴倔强。

4. 分析翠翠的形象。

答案：

（1）身世孤苦、生活清贫：翠翠父母双亡，与祖父相依为命，靠摆渡为生。

（2）清纯秀美：翠翠在风日里长养着，故把皮肤变得黑黑的，触目为青山绿水，故眸子清明如水晶。

（3）天真活泼、乖巧平和：天真活泼，处处俨然如一只小兽物。人又那么乖，如山头黄麂一样，从不想到残忍事情，从不发愁，从不动气。

（4）孝顺勤快：祖父倦了、睡了，有人过渡，翠翠不让祖父起身，就跳下船去，把路人渡过溪，一切皆溜刷在行，从不误事。过渡时有时与祖父一同动手牵缆索。

（5）有好奇心，喜欢热闹：跟送出嫁队伍，入城觉得有趣味，久不能忘。

5. 本章节中翠翠母亲的故事有什么作用？

答案：（1）体现了边城居民的淳朴风气。（2）表现了老船夫爱护女儿、尊重女儿意愿的性格特点，也为后面老船夫让翠翠自主选择爱情作了铺垫。（3）与翠翠后来的人生悲剧形成对照。

　　三个得分点实际上可以看作三个不同的角度，即分别对小说环境描写、人物刻画和情节发展三个方面的作用。

二

凡有桃花处必有人家，凡有人家处必可沽酒。湘西自然的大胆处与精巧处，使人神往倾心。在此生活的茶峒人爱利也仗义，小城里的日子安静平和，但作为川东商业交易接头处，城外小小河街，却多了热闹与喧嚣。居住在河街的船总顺顺正直和平、公正无私，他两个儿子天保、傩送，结实如老虎、和气似亲人，父子三人由此得到了当地人的尊敬。

三

章节导读

端午日是当地最热闹的三个节日之一。安分生活的茶峒人在这一天，穿新衣、吃美食、赛龙舟、捉鸭子，兴奋地全家出城到河边看热闹。许多人在节日里赶回，有许多船只只能在路上眺望家乡。小伙子们这天尽情展现自己的泅水才能，而天保、傩送两人皆是当地泅水划船的好手。远处传来龙船预习竞赛的鼓声，在这临近节日的欢悦气氛中，翠翠的思绪回到了那个令人牵念的日子里。

掌水码头的龙头大哥顺顺，年青的时节便是一个泅水的高手，入水中去追逐鸭子，在任何情形下总不落空。但一到次子傩送年过十岁时，已能入水闭气氽着到鸭子身边，再忽然冒水而出，把鸭子捉到，这作爸爸的便解嘲似的向孩子们说："好，这种事你们来作，我不必再下水了。"于是当真就不下水与人来竞争捉鸭子。<u>但下水救人呢，当作别论。凡帮助人远离患难，便是入火，人到八十岁，也还是成为这个人一种不可逃避的责任！</u>

天保傩送两人皆是当地泅水划船的好选手。

端午节快来了，初五划船，河街上初一开会，就决定了属于河街的那只船当天入水。天保恰好在那天应向上行，随了陆路商人过川东龙潭送节货，故参加的就只傩送。十六个结实如牛犊的小伙子，带了香、烛、鞭炮，同一个用生牛皮蒙好绘有朱红太极图的高脚鼓，到了搁船的河上游山洞边，烧了香烛，把船拖入水后，各人上了船，燃着鞭炮，擂着鼓，这船便如一枝箭似的，很迅速的向下游长潭射去。

那时节还是上午，到了午后，对河渔人的龙船也下了水，两只龙船就开始预习种种竞赛的方法。水面上第一次听到了鼓声，许多人从这鼓声中，感到了节日临近的欢悦。住临河吊脚楼对远方人有所等待的，有所盼望的，也莫不因鼓声想到远人。在这个节日里，必然有许多船只可以赶回，也有许多船只只合在半路过节，这之间，便有些眼目所难见的人事哀乐，在这小山城河街间，让一些人嬉喜，也让一些人皱眉。

考点提炼

1. 由第一段文字可知，顺顺是个怎样的人？

答案:（1）精明强干，勇猛好强。他年轻时是一个泅水的高手，在任何情形下追逐鸭子总不落空。（2）爱孩子，为孩子的能干而骄傲。（3）说话算数，讲信用。当真就不下水与人来竞争捉鸭子。（4）有义气，扶危济困，把解救别人的患难作为自己不可逃避的责任。

解析

此题考查对人物形象的分析，侧重在对人物性格的评价上。解答时抓住其言语、行为分析即可。

2. 画线的语句表现了茶峒什么样的民风?

答案:救人于危难之中,在边城是人不可推卸的责任。边城百姓善良、淳朴和义勇,体现了边城民风的淳朴。

解析

此题考查对文中重要语句的理解。这句话表现了边城人们扶危济困、心地善良的特点。

3.“在这个节日里,便有些眼目所难见的人事哀乐”中的“哀”与“乐”各指什么?

答案:“乐”指的是那些参加了端午节龙船比赛和看到这热闹场面的人为节日的盛况而喜悦,“哀”指的是在半路上过节或等待亲人回归的人的忧伤与思念。

4.沈从文写小说时会一而再地变换写法以达到形象的目的,请结合下面两个句子做分析。

(1)掌水码头的龙头大哥顺顺,年青的时节便是一个泅水的高手,入水中去追逐鸭子,在任何情形下总不落空。

(2)各人上了船,燃着鞭炮,擂着鼓,这船便如一枝箭似的,很迅速的向下游长潭射去。

答案：（1）"在任何情形下总不落空"句中的"总"字，带有夸张的成分，用一个副词充分表现出顺顺游泳本领的高超。

（2）"如一枝箭似的"运用比喻，"很迅速地向下游长潭射去"句中的"射"字使用动词，前后搭配，生动形象地写出了船行之快，表现了竞赛的紧张激烈。

 解 析

此题考查对作品语言的鉴赏，这些词在表意上都具有一定特色，分析鉴赏时要结合前后语境。

四

　　两年前的端阳节，翠翠与祖父一同进城看划船，热闹的鼓声中，快乐的翠翠忽然发现祖父不见了。忐忑不安中，黄昏已至，因为惦记着祖父的嘱托，翠翠一直站在石码头边固执地等候，意外地与捉鸭子的二老相遇。误会之下，遭遇翠翠轻斥的二老，大笑离去，却派人将翠翠送回家里。翠翠回家后才发现，祖父回到白塔下替换帮助摆渡的老人，两人高兴之余，在溪边大石上喝起了烧酒。因为老人的醉倒以及摆渡的责任，祖父难以离开。

两个水手还正在谈话，潭中那只白鸭慢慢的向翠翠所在的码头边游过来，翠翠想："再过来些我就捉住你！"于是静静的等着，但那鸭子将近岸边三丈远近时，却有个人笑着，喊那船上水手。原来水中还有个人，那人已把鸭子捉到手，却慢慢的"踹水"游近岸边的。船上人听到水面的喊声，在隐约里也喊道："二老，二老，你真能干，你今天得了五只吧。"那水上人说："这家伙狡猾得很，现在可归我了。""你这时捉鸭子，将来捉女人，一定有同样的本领。"水上那一个不再说什么，手脚并用的拍着水傍了码头。湿淋淋的爬上岸时，翠翠身旁的黄狗，仿佛警告水中人似的，汪汪的叫了几声，那人方注意到翠翠。码头上已无别的人，那人问：

"是谁人？"

"是翠翠！"

"翠翠又是谁？"

"是碧溪岨撑渡船的孙女。"

"你在这儿做什么？"

"我等我爷爷。我等他来。"

"等他来他可不会来，你爷爷一定到城里军营里喝了酒，醉倒后被人抬回去了！"

"他不会这样子。他答应来找我，他就一定会来的。"

"这里等也不成，到我家里去，到那边点了灯的楼上去，等爷爷来找你好不好？"

翠翠误会了邀她进屋里去那个人的好意，心里记着水手说的妇人丑事，她以为那男子就是要她上有女人唱歌的楼上去，本来从不骂人，这时正因等候祖父太久了，心中焦急得很，听人要他上去，以为欺侮了她，就轻轻的说：

"悖时砍脑壳的！"

话虽轻轻的，那男的却听得出，且从声音上听得出翠翠年纪，便带笑说："怎么，你骂人！你不愿意上去，要呆在这儿，回头水里大鱼来咬了你，可不要叫喊！"

翠翠说："鱼咬了我也不管你的事。"

那黄狗好像明白翠翠被人欺侮了，又汪汪的吠起来。那男子把手中白鸭举起，向黄狗吓了一下，便走上河街去了。黄狗为了自己被欺侮还想追过去，翠翠便喊："狗，狗，你叫人也看人叫！"翠翠意思仿佛只在告给狗"那轻薄男子还不值得叫"，但男子听去的却是另外一种好意，男的以为是她要狗莫向好人乱叫，放肆的笑着，不见了。

又过了一阵，有人从河街拿了一个废缆做成的火炬，喊叫着翠翠的名字来找寻她，到身边时翠翠却不认识那个人。那人说：老船夫回到家中，不能来接她，故搭了过渡人口信来告翠翠，要她即刻就回去。翠翠听说是祖父派来的，就同那人一起回家，让打火把的在前引路，黄狗时前时后，一同沿了城墙向渡口走去。翠翠一面走一面问那拿火把的人，是谁告他就知道她在河边。那人说是二老告他的，他是二老家家里的伙计，送翠翠回家后还得回转河街。

翠翠说："二老他怎么知道我在河边？"

那人便笑着说："他从河里捉鸭子回来，在码头上见你，他说好意请你上家里坐坐，等候你爷爷，你还骂过他！你那只狗不识吕洞宾，只是叫！"

翠翠带了点儿惊讶轻轻的问："二老是谁？"

那人也带了点儿惊讶说："二老你还不知道？就是我们河街上的傩送二老！就是岳云！他要我送你回去！"

傩送二老在茶峒地方不是一个生疏的名字！

翠翠想起自己先前骂人那句话，心里又吃惊又害羞，再也不说什么，默默的随了那火把走去。

翻过了小山岨，望得见对溪家中火光时，那一方面也看见了翠翠方面的火把，老船夫即刻把船拉过来，一面拉船一面哑声儿喊问："翠翠，翠翠，是不是你？"翠翠不理会祖父，口中却轻轻的说："不是翠翠，不是翠翠，翠翠早被大河中鲤鱼吃去了。"翠翠上了船，二老派来的人，打着火把走了，祖父牵着船问："翠翠，你怎么不答应我，生我的气了吗？"

翠翠站在船头还是不作声。翠翠对祖父那一点儿埋怨，等到把船拉过了溪，一到了家中，看明白了醉倒的另一个老人后，就完事了。但另一件事，属于自己不关祖父的，却使翠翠沉默了一个夜晚。

考点提炼

1.翠翠的"惊讶"和那人的"惊讶"原因是否相同，请简要分析。

答案：不相同。翠翠的"惊讶"是因为翠翠没想到刚刚骂的人是傩送，而他竟然派人送自己回家。那人的"惊讶"是因为傩送在河街是知名人物而翠翠竟然不认识，从侧面说明傩送的名气与优秀。

解析

本题考查重要词语在文中的含义。解答此题，需立足上下文，找到两个"惊讶"产生的原因加以分析即可。

2.作者设计翠翠与傩送因误会而巧遇的情节,有何妙处?

答案:(1)塑造人物性格。体现了翠翠的羞涩、天真,二老的宽厚、热情、率真。突出边城热情淳朴友善的民风,表现人性美。(2)推动情节发展,使翠翠印象深刻,为下文翠翠对二老产生爱意做了铺垫。(3)与后文一系列的误会展开形成呼应,为表现人难以预测的命运做铺垫。

解析

本题主要考查人物形象分析以及情节构思技巧。分析人物形象时应抓住"挨了翠翠的骂""还是差人专程送翠翠回家"分析,不难概括出二老热情、宽厚的性格特征。分析作者这样写的用意需从思想内容和行文结构入手。

3."大鱼"的意象,反复出现,这样写的作用是什么?

答案:(1)反映人物内心情感。"回头水里大鱼来咬了你",二老的话中暗含着对翠翠善意的关切。翠翠说"鱼咬了我也不管你的事"是因误会对二老的提防。"不是翠翠,翠翠早被大河中鲤鱼吃去了"是翠翠对祖父的埋怨。

（2）前后照应，使故事情节更加连贯，更加紧凑；促进故事发展，翠翠的情感倾向愈加明朗化。（3）委婉表达，含蓄蕴藉。

解·析

　　本题考查文中重要语句在人物形象方面及行文构思方面的重要作用。

五

章节导读

一年前的端午节，仍然热闹非凡，与爷爷在河街上看船的翠翠认识了大老天保，也被顺顺问及了婚事。爷爷高兴地想要撮合翠翠和天保，却惹恼了孙女。爷爷并不知道，此时翠翠的心已经飞到了下青浪滩的二老身上。

必考段落

两年日子过去了。

这两年来两个中秋节，恰好无月亮可看，凡在这边城地方，因看月而起整夜男女唱歌的故事，皆不能如期举行，故两个中秋留给翠翠的印象，极其平淡无奇。两个新年虽照例可以看到军营里与各乡来的狮子龙灯，在小教场迎春，锣鼓喧阗很热闹。到了十五夜晚，城中舞龙耍狮子的镇筸兵士，还各自赤裸着肩膊，往各处去欢迎炮仗烟火。城中军营里，税关局长公馆，河街上一些大字号，莫不头先截老毛竹筒，或镂空棕榈树根株，用洞硝拌和磺炭钢砂，一千槌八百槌把烟火做好。好勇取乐的军士，光赤着个上身，玩着灯打着鼓来了，小鞭炮如落雨的样子，从悬到长竿尖端的空中落到玩灯的肩背上，锣鼓催动急促的拍子，大家皆为这事情十分兴奋。鞭炮放过一阵后，用长凳脚绑着的大筒烟火，在敞坪一端燃起了引线，先是咝咝的流泻白光，慢慢的这白光俚吼啸起来，作出如雷如虎惊人的声音，白光向上空冲去，高至二十丈，下落时便洒散着满天花雨。玩灯的兵士，在火花中绕着圈子，俨然毫不在意的样子。翠翠同他的祖父，也看过这样的热闹，留下一个热闹的印象，但这印象不知为什么原因，总不如那个端午所经过的事情甜而美。

翠翠为了不能忘记那件事，上年一个端午又同祖父到城边河街去看了半天船，一切玩得正好时，忽然落了行雨，无人衣衫不被雨湿透。为了避雨，祖孙二人同那只黄狗，走到顺顺吊脚楼上去，挤在一个角隅里。有人扛凳子从身边过去，翠翠认得那人正是去年打了火把送她回家的人，就告给祖父：

"爷爷，那个人去年送我回家，他拿了火把走路时，真像喽啰！"

祖父当时不作声，等到那人回头又走过面前时，就一把抓住那个人，笑嘻嘻说：

"嗨嗨，你这个喽啰！要你到我家喝一杯也不成，还怕酒里有毒，把你这个真命天子毒死！"

那人一看是守渡船的，且看到了翠翠，就笑了。"翠翠，你长大了！二老说你在河边大鱼会吃你，我们这里河中的鱼，现在吞不下你了。"

翠翠一句话不说，只是抿起嘴唇笑着。

这一次虽在这喽啰长年口中听到个"二老"名字，却不曾见及这个人。从祖父与那长年谈话里，翠翠听明白了二老是在下游六百里外青浪滩过端午的。但这次不见二老却认识了大老，且见着了那个一地出名的顺顺。大老把河中的鸭子捉回家里后，因为守渡船的老家伙称赞了那只肥鸭两次，顺顺就要大老把鸭子给翠翠。且知道祖孙二人所过的日子，十分拮据，节日里自己不能包粽子，又送了许多三角粽。

那水上名人同祖父谈话时，翠翠虽装作眺望河中景致，耳朵却把每一句话听得清清楚楚。那人向祖父说翠翠长得很美，问过翠翠年纪，又问有不有人家。祖父则很快乐的夸奖了翠翠不少，且似乎不许别人来关心翠翠的婚事，故一到这件事便闭口不谈。

回家时，祖父拖了那只白鸭子同别的东西，翠翠打火把引路。两人沿城墙脚走去，一面是城，一面是水。祖父说："顺顺真是个好人，大方得很。大老也很好。这一家人都好！"翠翠说："一家人都好，你认识他们一家人吗？"祖父不明白这句话的意思所在，因为今天太高兴一点，便笑着说："翠翠，假若大老要你做媳妇，请人来做媒，你答应不答应？"翠翠就说："爷爷，你疯了！再说我就生你的气！"

祖父话虽不再说了，心中却很显然的还转着这些可笑的不好的念头。翠翠着了恼，把火炬向路两旁乱晃着，向前快快的走去了。

"翠翠，莫闹，我摔到河里去，鸭子会走脱的！"

"谁也不希罕那只鸭子！"

考点提炼

1. 下列各组词语中加点字的注音，全部正确的一项

是（　）

A. 镂空（lòu）　　　赤裸（luǒ）

　　歇憩（qì）　　　偏安一隅（yú）

B. 擂鼓（léi）　　　蘸酒（zhàn）

　　泅水（qiú）　　　力能扛鼎（káng）

C. 棕榈（lǚ）　　　眺望（tiào）

　　嗤笑（chī）　　　生活拮据（jū）

D. 停泊（bó）　　　俨然（yǎn）

　　睨视（nì）　　　锣鼓喧阗（diān）

答案：A

解析

　　B项，"力能扛鼎"中的"扛"应读"gāng"；C项，"棕榈"中的"榈"应读"lǘ"；D项，"锣鼓喧阗"中的"阗"应读"tián"。

2.下列词语，书写没有错误的一项是（　）

A. 流泻　　炮杖　　装饰　　笑嘻嘻

B. 抿嘴　　艾篙　　渡船　　吊角楼

C. 硫磺　　喽啰　　景致　　三角粽

D. 硝烟　　吼啸　　蘸酒　　笑咪咪

答案：C

解 析

　　A项，"炮杖"中"杖"应写作"仗"；B项，"吊角楼"中"角"，应写作"脚"，"艾篙"中"篙"应写作"蒿"；D项，"笑咪咪"中"咪咪"应写作"眯眯"。

3. 开头部分过年的场景描写有何作用？

答案：描写了过年时茶峒的热闹场景，渲染了欢乐的氛围，表现了边城的地方风俗及人们生活的自足快乐。与曾经的端午节形成对比，进一步凸显与二老初见的端午节在翠翠心中的重要与甜美。

解 析

　　本题考查环境描写在人物情感及情节结构方面的重要作用。

4.少女的内心细腻丰富，联系文本，梳理此次端午节翠翠的心理变化。

答案：惊喜：遇雨见喽啰；害羞：抿嘴笑，想到上年的端午节趣事；失望：只听见二老的名字，却未见到其人；紧张：那水上名人同祖父谈话时，翠翠虽装作眺望河中景致，耳朵却把每一句话听得清清楚楚；不快：爷爷只夸赞顺顺和大老，漏谈了二老；气恼害羞：爷爷替大老做媒，翠翠喜欢的是二老。

本题考查人物的情感，可以通过情节中人物动作、语言把握翠翠心理变化。

六

章节导读

这一年的端午节前夕，老船夫因为拒收过渡人的钱，与人起了争执，差点吓到了翠翠，也惹来了一船人的笑。鼓声传来，祖孙俩都忆起了两年前的端午节。一会儿工夫，翠翠就被迎婚送亲的队伍吸引了去。

必考段落

白日里，老船夫正在渡船上同个卖皮纸的过渡人有所争持。一个不能接受所给的钱，一个却非把钱送给老人不可。正似乎因为那个过渡人送钱气派，使老船夫受了点压迫，这撑渡船人就俨然生气似的，迫着那人把钱收回，使这人不得不把钱捏在手里。但船拢岸时，那人跳上了码头，一手铜钱向船舱一撒，却笑眯眯的匆匆忙忙走了。老船夫手还得拉着船让别一个人上岸，无法去追赶那个人，就喊小山头的孙女：

"翠翠，翠翠，为我拉着那个卖皮纸的小伙子，不许他走！"

翠翠不知道是怎么会事，当真便同黄狗去拦那第一个下船人。那人笑着说：

"不要拦我！……"

正说着，第二个商人赶来了，就告给翠翠是什么事情。翠翠明白了，更紧拉着卖纸人衣服不放，只说："不许走！不许走！"黄狗为了表示同主人意见一致，也便在翠翠身边汪汪的吠着。其余商人皆笑着，一时不能走路。祖父气吁吁的赶来了，把钱强迫塞到那人手心里，且搭了一大束草烟到那商人的担子上去，搓着两手笑着说："走呀！你们上路走！"那些人于是全笑着走了。

翠翠说："爷爷，我还以为那人偷你东西同你打架！"

祖父就说：

"他送我好些钱，我绝不要这些钱！告他不要钱，他还同我吵，不讲道理！"

翠翠说:"全还给他了吗?"

祖父抿着嘴把头摇摇,闭上一只眼睛,装成狡猾得意神气笑着,把扎在腰带上留下的那枚单铜子取出,送给翠翠。且说:

"他得了我们那把烟叶,可以吃到镇筸城!"

远处鼓声又蓬蓬的响起来了,黄狗张着两个耳朵听着。翠翠问祖父,听不听到什么声音。祖父一注意,知道是什么声音了,便说:

"翠翠,端午又来了。你记不记得去年天保大人送你那只肥鸭子。早上大老同一群人上川东去,过渡时还问你。你一定忘记那次落的行雨。我们这次若去,又得打火把回家;你记不记得我们两人用火把照路回家?"

翠翠还正想起两年前的端午一切事情。但祖父一问,翠翠却微带点儿恼着的神气,把头摇摇,故意说:"我记不得,我记不得。我全记不得!"其实她那意思就是"我怎么记不得?"

祖父明白那话里意思,又说:"前年还更有趣,你一个人在河边等我,差点儿不知道回来,天夜了,我还以为大鱼会吃掉你!"

提起旧事,翠翠嗤地笑了。

"爷爷,你还以为大鱼会吃掉我?是别人家说我,我告给你的！你那天只是恨不得让城中的那个爷爷把装酒的葫芦吃掉！你这种人，好记性！"

"我人老了，记性也坏透了。翠翠，现在你人长大了，一个人一定敢上城去看船不怕鱼吃掉你了。"

"人大了就应当守船呢。"

"人老了才应当守船。"

"人老了应当歇憩！"

"你爷爷还可以打老虎，人不老！"祖父说着，于是，把膀子弯曲起来，努力使筋肉在局束中显得又有力又年青，且说："翠翠，你不信，你咬。"

翠翠睨着腰背微驼的祖父，不说什么话。远处有吹唢呐的声音。她知道那是什么事情，且知道唢呐方向。要祖父同她下了船，把船拉过家中那边岸旁去。为了想早早的看到那迎婚送亲的喜轿，翠翠还爬到屋后塔下去眺望。过不久，那一伙人来了，两个吹唢呐的，四个强壮乡下汉子，一顶空花轿，一个穿新衣的团总儿子模样的青年，另外还有两只羊，一个牵羊的孩子，一坛酒，一盒糍粑，一个担礼物的人，一伙人上了渡船后，翠翠同祖父也上了渡船，祖父拉船，那翠翠却傍花轿站定，去欣赏每一个人的脸色与花轿上的流苏。拢岸后，团总儿子模样的人，从扣花抱肚里掏出了一个小红纸包封，递给老船夫。这是当地规矩，祖父再不能说不接收了。但得了钱祖父却说话了,问那个人,新娘是什么地方人,明白了,又问姓什么,明白了,又问多大年纪,一起皆弄明白了,吹唢呐的一上岸后,又把唢呐呜呜喇喇吹起来,一行人便翻山走了。祖父同翠翠留在船上,感情仿佛皆追着那唢呐声音走去,走了很远的路方回到自己身边来。

祖父掂着那红纸包封的分量说:"翠翠,宋家堡子里新嫁娘年纪还只十五岁。"

翠翠明白祖父这句话的意思所在,不作理会,静静地把船拉动起来。

到了家边,翠翠跑还家中去取小小竹子做的双管唢呐,请祖父坐在船头吹"娘送女"曲子给她听,她却同黄狗躺到门前大岩石上荫处看天上的云。白日渐长,不知什么时节,祖父睡着了,翠翠同黄狗也睡着了。

考点提炼

1. 爷爷和翠翠都不放卖纸人离开,为什么?

答案:因为祖孙俩都不愿意接受别人的施舍,展现了他们坚持原则不为钱帛动心的淳朴本质,进一步表现出没有沾染人世间是非功利的世外桃源的纯净美好。

 解析

　　通过人物动作探究人物心理、情感、性格，进而探究环境、主题。

2.“狡猾”是个贬义词，为什么用来描写老船夫？

　　答案：“狡猾”是贬词褒用。老船夫留了卖皮纸的年轻人一个铜子，却送给他一把烟叶。“狡猾”既写出了祖父此时得意的神态，又表现了老船夫不计报酬、不贪便宜的淳朴性格。

 解析

　　本题考查语言在表现人物性格、塑造人物形象方面的作用。联系上下文，分析老船夫的性格。

3.翠翠却微带点儿恼着的神气，把头摇摇，故意说：“我记不得，我记不得。我全记不得！”其实她那意思就是“我怎么记不得？”既然全记得，为什么翠翠有点恼着？

答案：爷爷提到的是一年前的端午节遇到的顺顺、天保，但此时翠翠正想着两年前端午节的二老，羞恼爷爷不懂自己的心思。与下文爷爷提到两年前端午节的事情就转嗔为喜形成对比，表明翠翠的情感已经逐渐明晰。

4. 上文哪些地方体现了翠翠对爱情的憧憬与向往？

答案：（1）提起旧事（端午节遇见二老的事情），翠翠嗤地笑了。

（2）为了想早早的看到那迎婚送亲的喜轿，翠翠还爬到屋后塔下去眺望。翠翠同祖父也上了渡船，祖父拉船，那翠翠却傍花轿站定，去欣赏每一个人的脸色与花轿上的流苏。

（3）祖父同翠翠留在船上，感情仿佛皆追着那唢呐声音走去，走了很远的路方回到自己身边来。

（4）到了家边，翠翠跑还家中去取小小竹子做的双管唢呐，请祖父坐在船头吹《娘送女》曲子给她听。

这些动作与心理描写都体现了翠翠对爱情的憧憬与向往。

 解 析

要把握片段中人物语言、心理、动作描写，探究人物感情。

七

翠翠在渐渐长大，多了一些自己也说不清楚的心思。
祖父却更加沉重忧急，担心这个雏鸟，步其母亲的后尘。
大老天保的自白，让祖父的心又愁又喜，怎样才能不委屈
翠翠？着实让他纠结。

八

章节导读

端午节的清晨，细雨微笼。翠翠一个人在渡口，闲时猜想着祖父进城的情形，温习着两次过节两个日子的见闻，忙时则一趟趟地将过渡人送来送去。一对貌似财主人家的妻女，让翠翠印象深刻，难以忘记。此时，她尚不知，那就是愿以碾坊为陪嫁招傩送为婿的团总家眷。

必考段落

雨落个不止，溪面一片烟。翠翠在船上无事可作时，便算着老船夫的行程。她知道他这一去应在什么地方碰到什么人，谈些什么话，这一天城门边应当是些什么情形，河街上应当是些什么情形，"心中一本册"，她完全如同亲眼见到的那么明明白白。她又知道祖父的脾气，一见城中相熟粮子上人物，不管是马夫火夫，总会把过节时应有的颂祝说出。这边说，"副爷，你过节吃饱喝饱！"那一个便也将说，"划船的，你吃饱喝饱！"这边如果说着如上的话，那边人说，"有什么可以吃饱喝饱？四两肉，两碗酒，既不会饱也不会醉！"那么，祖父必很诚实邀请这熟人过碧溪岨喝个够量。倘若有人当时就想喝一口祖父葫芦中的酒，这老船夫也从不吝啬，必很快的就把葫芦递过去。酒喝过后，那兵营中人卷舌子舐着嘴唇，称赞酒好，于是又必被勒迫着喝第二口。酒在这种情形下少起来了，就又跑到原来铺上去，加满为止。翠翠且知道祖父还会到码头上去同刚拢岸一天两天的上水船水手谈谈话，问问下河的米价盐价，有时且弯着腰钻进那带有海带鱿鱼味，以及其他油味、醋味、柴烟味的船舱里去，水手们从小坛中抓出一把红枣，递给老船夫，过一阵，等到祖父回家被翠翠埋怨时，这红枣便成为祖父与翠翠和解的工具。祖父一到河街上，且一定有许多铺子上商人送他粽子与其他东西，作为对这个忠于职守的划船人一点敬意，祖父虽嚷着"我带了那么一大堆，回去会把老骨头压断"，可是不管如何，这些东西多少总得领点情。走到卖肉案桌边去，他想买肉，人家却照例不愿接钱。屠户若不接钱，他却宁可到另外一家去，决不想沾那点便宜。那屠户说，"爷爷，你为人那么硬算什么？又不是要你去做犁口耕田！"但不行，他以为这是血钱，不比别的事情，你不收钱他会把钱预先算好，猛的把钱掷到大而长的钱筒里去，攫了肉就走去的。卖肉的明白他那种性情，到他称肉时总选取最好的一处，且把分量故意加多，他见及时却将说："喂喂，大老板，我不要你那些好处！腿上的肉是城里人炒鱿鱼肉丝用的肉，莫同我开玩笑！我要夹项肉，我要浓的，糯的，我是个划船人，我要拿去炖胡萝卜喝酒！"得了肉，把钱交过手时，自己先数一次，又嘱咐屠户再数，屠户却照例不理会他，把一手钱哗的向长竹筒口丢去，他于是简直是妩媚的微笑着走了。屠户与其他买肉人，见到他这种神气，必笑个不止。……翠翠还知道祖父必到河街上顺顺家里去。

考点提炼

1. 文中描写了老船夫怎样的性格特点？怎样描写的？

答案：质朴豪爽

（1）动作描写：有人想喝一口葫芦中的酒，很快的就把葫芦递过去，酒少起来了，就又跑到原来铺上去，加满为止；猛的把钱掷到大而长的钱筒里去，攫了肉就走去的；把一手钱哗的向长竹筒口丢去。

（2）语言描写：商人送他粽子与其他东西，祖父嚷着"我带了那么一大堆，回去会把老骨头压断"来拒绝；卖肉的把分量故意加多，他喊："喂喂，大老板，我不要你那些好处！"

（3）神态描写：他于是简直是妩媚的微笑着走了，表现他没有占人便宜后的喜悦自得。

 解 析

本题考查人物描写的方法，可以通过语言、动作、神态、心理、细节来探究人物性格。

2. 老船夫嘱咐屠户数钱，屠户"却照例不理会他"，"照例"一词有什么用意？

答案：说明这种情况不是第一次发生了，是生活的常态。表现了边城人与人之间相互理解、尊重、信任的淳朴民风。这是一个远离世俗社会的理想社会，一切都那么和谐、优美、纯净、本色。

　　锤炼词语，把握人物、环境与主题。

九

◆**章节导读**◆

二老亲自送回了老船夫的酒葫芦，两人相谈甚欢。老
船夫知道傩送在白鸡关滩口援救了三个人，又拒绝了为他
唱了一夜歌的村子里的女人，忍不住低低赞叹。翠翠在朦
胧的羞涩中，划船将二老送上了岸。

◆**必考段落**◆

祖父回家时，大约已将近平常吃早饭时节了。肩上手
上全是东西，一上小山头便喊翠翠，要翠翠拉船过小溪来
迎接他。翠翠眼看到多少人皆进了城，正在船上急得莫可

奈何，听到祖父的声音，精神旺了，锐声答着："爷爷，爷爷，我来了！"老船夫从码头边上了渡船后，把肩上手上的东西搁到船头上，一面帮着翠翠拉船，一面向翠翠笑着，如同一个小孩子，神气充满了谦虚与羞怯。"翠翠，你急坏了，是不是？"翠翠本应埋怨祖父的，但她却回答说："爷爷，我知道你在河街上劝人喝酒，好玩得很。"翠翠还知道祖父极高兴到河街上去玩，但如此说来，将更使祖父害羞乱嚷了，故不提出。

翠翠把搁在船头的东西——估记在眼里，不见了酒葫芦。翠翠嗤地笑了。

"爷爷，你倒大方，请副爷同船上人吃酒，连葫芦也让他们吃到肚里去了！"

祖父笑着忙作说明：

"哪里，哪里，我那葫芦被顺顺大哥扣下了，他见我在河街上请人喝酒，就说：'喂，喂，摆渡的张横，这不成的。你不开糟坊，如何这样子！你要作仁义大哥梁山好汉，把你那个放下来，请我全喝了吧。'他当真那么说，'请我全喝了吧。'我把葫芦放下了。但我猜想他是同我闹着玩的。他家里还少烧酒吗？翠翠，你说，是不是？……"

"爷爷，你以为人家不是真想喝你的酒，便是同你开玩笑吗？"

"那是怎么的？""你放心，人家一定因为你请客不是地方，所以扣下你的葫芦，不让你请人把酒喝完。等等就会派毛伙为你送来的，你还不明白，真是！——"

"咦，当真会是这样的！"

说着船已拢了岸，翠翠抢先帮祖父搬东西回家，但结果却只拿了那尾鱼，那个花褚裢；褚裢中钱已用光了，却有一包白糖，一包芝麻小饼子。

两人刚把新买的东西搬运到家中，对溪就有人喊过渡，祖父要翠翠看着肉菜免得被野猫拖去，争先下溪去做事，一会儿，便同那个过渡人嚷着到家中来了。原来这人便是送酒葫芦的。只听到祖父说："翠翠，你猜对了。人家当真把酒葫芦送来了！"

翠翠来不及向灶边走去，祖父同一个年纪青青的脸黑肩膊宽的人物，便进到屋里了。

翠翠同客人皆笑着，让祖父把话说下去。客人又望着翠翠笑，翠翠仿佛明白为什么被人望着，有点不好意思起来，走到灶边烧火去了。溪边又有人喊过渡，翠翠赶忙跑出门外船上去，把人渡过了溪。恰好又有人过溪。天虽落小雨，过渡人却分外多，一连三次。翠翠在船上一面作事一面想起祖父的趣处。不知怎么的，从城里被人打发来送酒葫芦的，她觉得好像是个熟人。可是眼睛里像是熟人，却不明白在什么地方见过面。但也正像是不肯把这人想到某方面去，方猜不着这来人的身分。

祖父在岩坎上边喊："翠翠，翠翠，你上来歇歇，陪陪客！"本来无人过渡便想上岸去烧火，但经祖父一喊，反而不上岸了。

来客问祖父"进不进城看船"，老渡船夫就说，"应当看守渡船。"两人又谈了些别的话。到后来客方言归正传：

"伯伯，你翠翠像个大人了，长得很好看！"

撑渡船的笑了。"口气同哥哥一样，倒爽快呢。"这样想着，却那么说："二老，这地方配受人称赞的只有你，人家都说你好看！'八面山的豹子，地地溪的锦鸡'，全是特为颂扬你这个人好处的警句！"

"但是，这很不公平。"

"很公平的！我听着船上人说，你上次押船，船到三门下面白鸡关滩口出了事，从急浪中你援救过三个人。你们在滩上过夜，被村子里女人见着了，人家在你棚子边唱歌一整夜，是不是真有其事？"

"不是女人唱歌一夜，是狼嗥。那地方著名多狼，只想得机会吃我们！我们烧了一大堆火，吓住了它们，才不被吃！"

老船夫笑了："那更妙！人家说的话还是很对的。狼是只吃姑娘，吃小孩，吃十八岁标致青年的，像我这种老骨头，它不要吃，只嗅一嗅就会走开的！"

那二老说："伯伯，你到这里见过两万个日头，别人家全说我们这个地方风水好，出大人，不知为什么原因，如今还不出大人？"

"你是不是说风水好应出有大名头的人？我以为，这种人不生在我们这个小地方也不碍事。我们有聪明、正直、勇敢、耐劳的年青人，就够了。像你们父子兄弟，为本地方增光彩已经很多很多！"

"伯伯，你说得好，我也是那么想。地方不出坏人出好人，如伯伯那么样子，人虽老了，还硬朗得同棵楠木树一样，稳稳当当的活到这块地面，又正经，又大方，难得的咧。"

"我是老骨头了，还说什么。日头，雨水，走长路，挑分量沉重的担子，大吃大喝，挨饿受寒，自己分上的都拿过了，不久就会躺到这冰冷土地上喂蛆吃的。这世界有的是你们小伙子分上的一切，应当好好的干，日头不辜负你们，你们也莫辜负日头！"

"伯伯，看你那么勤快，我们年青人不敢辜负日头。"

说了一阵，二老想走了，老船夫便站到门口去喊叫翠翠，要她到屋里来烧水煮饭，掉换他自己看船。翠翠不肯上岸，客人却已下船了，翠翠把船拉动时，祖父故意装作埋怨神气说：

"翠翠，你不上来，难道要我在家里做媳妇煮饭吗？"

翠翠斜睨了客人一眼，见客人正盯着她，便把脸背过去，抿着嘴儿，很自负的拉着那条横缆，船慢慢拉过对岸了。

客人站在船头同翠翠说话：

"翠翠，吃了饭，同你爷爷到我家吊脚楼上去看划船吧？"

翠翠不好意思不说话，便说："爷爷说不去，去了无人守这个船！"

"你呢？"

"爷爷不去我也不去。"

"你也守船吗？"

"我陪我爷爷。"

"我要一个人来替你们守渡船，好不好？"

嘭的一下船已撞到岸边土坎上了，船拢了岸。二老向岸上一跃，站在斜坡上说：

"翠翠，难为你！……我回去就要人来替你们，你们赶快吃饭，一同到我家里去看船，今天人多咧，热闹咧。"

翠翠不明白这陌生人的好意，不懂得为什么一定要到他家中去看船，抿着小嘴笑笑，就把船拉回去了。到了家中一边溪岸后，只见那个年青人还正在对溪小山上。好像等待什么，不即走开。翠翠回转家中，到灶口边去烧火，一面把带点湿气的草塞进灶里去，一面向正在把客人带回的那一葫芦酒试着的祖父询问：

"爷爷，那人说回去就要人来替你，要我们两人去看船，你去不去？"

"你高兴去吗？"

"两人同去我高兴。那个人很好，我像认得他，他是谁？"

祖父心想："这倒对了，人家也觉得你好！"祖父笑着说："翠翠，你不记得你前年在大河边时，有个人说要让大鱼咬你吗？"

翠翠明白了，却仍然装不明白问："他是谁？"

"你想想看，猜猜看。"

"我猜不着他是张三李四。"

"顺顺船总家的二老，他认识你你不认识他啊！"他抿了一口酒，像赞美这个酒又赞美另一个人，低低的说："好的，妙的，这是难得的。"

过渡的人在门外坎下叫唤着，老祖父口中还是"好的，妙的，……"匆匆的下船做事去了。

1. 他抿了一口酒，像赞美这个酒又赞美另一个人，低低的说："好的，妙约，这是难得的。"老船夫到底是赞美什么，酒还是人？为什么赞美？

答案：人，二老傩送。因为傩送既有英俊的相貌，又有美好的品德。

（1）乐于助人，善良勇敢。帮老船夫送葫芦，在白鸡冠滩口援救了三个人。

（2）勤快坚韧。常常在外押船，在艰苦的环境中锻炼，不想辜负日头。

（3）正直真诚。坚持自己的情感，拒绝为他唱歌传情的女人。

（4）质朴直爽。直接夸赞翠翠好看，并当面邀约翠翠，表达喜爱。

（5）谦逊有礼。不因自己的身份和能力而倨傲，尊敬、谦逊地对待贫穷的老船夫。

2. "大鱼咬你"这句话为什么在小说中反复出现？

答案：翠翠和傩送相识时，傩送对她说的一句玩笑话"大鱼咬你"，深深印在翠翠的心中，从此"鱼"象征着两人的爱情，是含蓄表达情感的意象，形成了一条他们之间的爱情线索，反复提及，说明两个人之间的情感愈来愈浓烈，愈来愈明晰。

从人物情感与情节结构两方面来考虑。

十

章节导读

祖孙二人被二老相请来到顺顺家的吊脚楼看船。天保托人向老船夫表明对翠翠的喜爱,而王团总也为女儿准备了碾房的陪嫁,想让"小岳云"傩送做女婿。可是大家相传,二老喜欢一个撑渡船的。

必考段落

吃饭时隔溪有人喊过渡,翠翠抢着下船,到了那边,方知道原来过渡的人,便是船总顺顺家派来作替手的水手。这人一见翠翠就说道:"二老要你们一吃了饭就去,他已下河了。"见了祖父又说:"二老要你们吃了饭就去,他已下河了。"

张耳听听,便可听出远处鼓声已较繁密,从鼓声里使人想到那些极狭的船,在长潭中笔直前进时,水面上画着如何美丽的长长的线路!

新来的人茶也不吃,便在船头站妥了,翠翠同祖父吃饭时,邀他喝一杯,只是摇头推辞。祖父说:

"翠翠,我不去,你同小狗去好不好?"

"要不去,我也不想去!"

"我去呢?"

"我本来也不想去,但我愿意陪你去。"

祖父微笑着:"翠翠,翠翠,你陪我去,好的,你就陪我去!"

……

祖父同翠翠到城里大河边时,河边早站满了人。细雨已经停止,地面还是湿湿的。祖父要翠翠过河街船总家吊脚楼上去看船,翠翠却似乎有心事怕到那边去,以为站在河边较好。两人虽在河边站定,不多久,顺顺便派人来把他们请去了。吊脚楼上已有了很多的人。早上过渡时,为翠翠所注意的乡绅妻女,受顺顺家的款待,占据了两个最好窗口。一见到翠翠,那女孩子就说:"你来,你来!"翠翠带着点儿羞怯走去，坐在他们身后边条凳上，祖父便走开了。

祖父并不看龙船竞渡，却为一个熟人拉到河上游半里路远近，过一个新碾坊看水碾子去了。老船夫对于水碾子原来就极有兴味的。倚山滨水来一座小小茅屋，屋中有那么一个圆石片子，固定在一个横轴上，斜斜的搁在石槽里。当水闸门抽去时，流水冲激地下的暗轮，上面的圆石片便飞转起来。作主人的管理这个东西，把毛谷倒进石槽中去，把碾好的米弄出放在屋角隔长方箩筛里，再筛去糠灰。地下全是糠灰，自己头上包着块白布帕子，头上肩上也全是糠灰。天气好时就在碾坊前后隙地里种些萝卜、青菜、大蒜、四季葱。水沟坏了，就把裤子脱去，到河里去堆砌石头，修理泄水处。水碾坝若修筑得好，还可装个小小鱼梁，涨小水时就自会有鱼上梁来，不劳而获！在河边管理一个碾坊比管理一只渡船多变化，有趣味，情形一看也就明白了。但一个撑渡船的若想有座碾坊，那简直是不可能的妄想。凡碾坊照例是属于当地小财主的产业。那熟人把老船夫带到碾坊边时，就告给他这碾坊业主为谁。两人一面各处视察一面说话。

那熟人用脚踢着新碾盘说：

"中寨人自己坐在高山砦子上，却欢喜来到这大河边置产业；这是中寨王团总的，值大钱七百吊！"

老船夫转着那双小眼睛，很羡慕的去欣赏一切，估计一切，把头点着，且对于碾坊中对象——加以很得体的批评。后来两人就坐到那还未完工的白木条凳上去。熟人又说到这碾坊的将来，似乎是团总女儿陪嫁的妆奁。那人于是想起了翠翠，且记起大老过去一时托过他的事情来了。便问道：

"伯伯，你翠翠今年十几岁？"

"满十四岁进十五岁。"老船夫说过这句话后，便接着在心中计算过去的年月。

"十四岁多能干！将来谁得她真有福气！"

"有什么福气？又无碾坊陪嫁，一个光人。"

"别说一个光人，一个有用的人，两只手敌得五座碾坊！洛阳桥也是鲁班两只手造成的！……"这样那样的说着，表示对老船夫的抗议，说到后来那人自然笑了。

老船夫也笑了，心想："翠翠有两只手，将来也去造洛阳桥吧，新鲜事！"

那人过了一会又说："茶峒人年青男子眼睛光，选媳妇也极在行。伯伯，你若不多我的心时，我就说个笑话给你听。"

老船夫问："是什么笑话？"

那人说："伯伯你若不多心时，这笑话也可以当真话去听咧。"

接着说下去的就是顺顺家大老如何在人家面前赞美翠翠，且如何托他来探听老船夫口气那么一件事。末了同老船夫来转述另一回会话的情形。"我问他：'大老，大老，你是说真话还是说笑话？'他就说：'你为我去探听探听那老的，我欢喜翠翠，想要翠翠，是真话呀！'我说：'我这人口钝得很，说出了口收不回，万一老的一巴掌打来呢？'他说：'你怕打，你先当笑话去说，不会挨打的！'所以，伯伯，我就把这件真事情当笑话来同你说了。你试想想，他初九从川东回来见我时，我应当如何回答他？"

老船夫记起前一次大老亲口所说的话，知道大老的意思很真，且知道顺顺也欢喜翠翠，故心里很高兴。但这件事照规矩得这个人带封点心亲自到碧溪岨家中去说，方见得慎重其事。老船夫说："等他来时你说：老家伙听过了笑话后，自己也说了个笑话，他说：'车是车路，马是马路，各有走法。大老走的是车路，应当由大老爹爹作主，请了媒人来正正经经同我说。走的是马路，应当自己作主，站在渡口对溪高崖上，为翠翠唱三年六个月的歌。'"

"伯伯，若唱三年六个月的歌动得了翠翠的心，我赶明天就自己来唱歌了。"

"你以为翠翠肯了我还会不肯吗？"

"不咧，人家以为这件事情你老人家肯了翠翠便无有不肯呢。"

"不能那么说，这是她的事呵！"

"便是她的事情，可是必须老的作主，人家也仍然以为在日头月光下唱三年六个月的歌，还不如得伯伯说一句话好！"

"那么，我说，我们就这样办，等他从川东回来时，要他同顺顺去说个明白。我呢，我也先问问翠翠，若以为听了三年六个月的歌再跟那唱歌人走去有意思些，我就请你劝大老走他那弯弯曲曲的马路。"

"那好的。见了他我就说：'大老，笑话吗，我已经说过了。真话呢，看你自己的命运去了。'当真看他的命运去了，不过我明白他的命运，还是在你老人家手上捏着紧紧的。"

"不是那么说！我若捏得定这件事，我马上就答应了。"

这里两人把话说妥后，就过另一处看一只顺顺新近买来的三舱船去了。河街上顺顺吊脚楼方面，却有了如下事情。

翠翠虽被那乡绅女人喊到身边去坐，地位非常之好，从窗口望出去，河中一切朗然在望，然而心中可不安宁。挤在其他几个窗口看热闹的人，似乎皆常常把眼光从河中景物挪到这边几个人身上来。还有些人故意装成有别的事情样子，从楼这边走过那一边，事实上却全为的是好仔细看看翠翠这方面几个人。翠翠心中老不自在,只想借故跑去。一会儿河下的炮声响了,几只从对河取齐的船只,直向这方面划来。先是四条船皆相去不远,如四枝箭在水面射着。到了一半,已有两只船占先了些,再过一会子,那两只船中间便又有一只超过了并进的船只而前。看看船到了税局门前时,第二次炮声又响,那船便胜利了。这时节胜利的已判明属于河街人所划的一只,各处便皆响着庆祝的小鞭炮。那船于是沿了河街吊脚楼划去,鼓声蓬蓬作响,河边与吊脚楼各处,都同时呐喊表示快乐的祝贺。翠翠眼见在船头站定摇动小旗指挥进退头上包着红布的那个年青人,便是送酒葫芦到碧溪岨的二老,心中便印着两年前的旧事,"大鱼吃掉你!""吃掉不吃掉,不用你这个人管!""好的,我就不管!""狗,狗,你也看人叫!"想起狗,翠翠才注意到自己身边那只黄狗,早已不知跑到什么地方去,便离了座位,在楼上各处找寻她的黄狗,把船头人忘掉了。

她一面在人丛里找寻黄狗,一面听人家正说些什么话。

一个大脸妇人问:"是谁家的人,坐到顺顺家当中窗口前的那块好地方?"

一个妇人就说:"是砦子上王乡绅大姑娘,今天说是自己来看船,其实来看人,同时也让人看!人家命好,有本领坐那好地方!"

"看谁人，被谁看？"

"嗨，你还不明白，那乡绅想同顺顺打亲家呢。"

"那姑娘配什么人？是大老，还是二老呢？"

"是二老呀，等等你们看这岳云，就会上楼来拜他丈母娘的！"

另有一个女人便插嘴说："事弄同了，好得很呢！人家在大河边有一座崭新碾坊陪嫁，比十个长年还好一些。"

有人问："二老怎么样？"

又有人就轻轻的说："二老已说过了，这不必看。第一件事我就不想作那个碾坊的主人！"

"你听岳云二老说过吗？"

"我听别人说的。还说二老欢喜一个撑渡船的。"

"他又不是傻小二，不要碾坊，要渡船吗？"

"那谁知道。横顺人是'牛肉炒韭菜，各人心里爱'。只看各人心里爱什么就吃什么，渡船不会不如碾坊！"

当时各人眼睛对着河里，口中说着这些闲话，却无一个人回头来注意到身后边的翠翠。

翠翠脸发火烧走到另外一处去，又听有两个人提及这件事。且说："一切早安排好了，只须要二老一句话。"又说："只看二老今天那么一股劲儿，就可以猜想得出，这劲儿是岸上一个黄花姑娘给他的！"

谁是激动二老的黄花姑娘？

翠翠人矮了些，在人后背已望不见河中的情形，只听到擂鼓声渐近渐激越，岸上呐喊声自远而近，便知道二老的船恰恰经过楼下。楼上人也大喊着，杂夹叫着二老的名字，乡绅太太那方面，且有人放小百子鞭炮。忽然又用另外一种惊讶声音喊着，且同时便见许多人出门向河下走去。翠翠不知出了什么事，心中有点迷乱，正不知走回原来座位边去好，还是依然站在人背后好。只见那边正有人拿了个托盘，装了一大盘粽子同细点心，在请乡绅太太小姐用点心，不好意思再过那边去，便想也挤出大门外到河下去看看。从河街一个盐店旁边甬道下河时，正在一排吊脚楼的梁柱间，迎面碰头一群人，拥着那个头包红布的二老来了。原来二老因失足落水，已从水中爬起来了。路太窄了一些，翠翠虽闪过一旁，与迎面来的人仍然得肘子触着肘子。二老一见翠翠就说：

"翠翠，你来了，爷爷也来了吗？"

翠翠脸还发着烧不便作声，心想："黄狗跑到什么地方去了呢？"

二老又说：

"怎不到我家楼上去看呢？我已要人替你弄了个好位子。"

翠翠心想："碾坊陪嫁，希奇事情咧。"

二老不能逼迫翠翠回去，到后便各自走开了。翠翠到河下时，小小心腔中充满了一种说不分明的东西。是烦恼吧，不是！是忧愁吧，不是！是快乐吧，不，有什么事情使这个女孩子快乐呢？是生气了吧，——是的，她当真仿佛觉得自己是在生一个人的气，又像是在生自己的气。河边人太多了，码头边浅水中，船桅船篷上，以至于吊脚楼的柱子上，无不挤满了人，翠翠自言自语说："人那么多，有什么三脚猫好看？"先还以为可以在什么船上发现她的祖父，但各处搜寻了一阵，却无祖父的影子。她挤到水边去，一眼便看到了自己家中那条黄狗，同顺顺家一个长年，正在去岸数丈一只空船上看热闹。翠翠锐声叫喊了两声，黄狗张着耳叶昂头四面一望，便猛的扑下水中，向翠翠方面泅来了。到了身边时狗身上已全是水，把水抖着且跳跃不已，翠翠便说"得了，狗，装什么疯。你又不翻船，谁要你落水呢？"

翠翠同黄狗各处找祖父去，在河街上一个木行前恰好遇着了祖父。

老船夫说："翠翠，我看了个好碾坊，碾盘是新的，水车是新的，屋上稻草也是新的！水坝管着一绺水，急溜溜的，抽水闸板时水车转得如陀螺。"

翠翠带着点做作问："是什么人的？"

"是什么人的？住在山上的员外王团总的。我听人说是那中寨人为女儿作嫁妆的东西，好不阔气，包工就是七百吊大制钱，还不管风车，不管家私！"

"谁讨那个人家的女儿？"

祖父望着翠翠干笑着，"翠翠，大鱼咬你，大鱼咬你。"

翠翠因为对于这件事心中有了个数目，便仍然装着全不明白，只询问祖父："爷爷，什么人得到那个碾坊？"

"岳云二老！"祖父说了又自言自语的说："有人羡慕二老得到碾坊，也有人羡慕碾坊得到二老！"

"谁羡慕呢，爷爷？""我羡慕。"祖父说着便又笑了。

翠翠说："爷爷，你喝醉了。"

"可是二老还称赞你长得美呢。"

翠翠："爷爷，你疯了。"

祖父说："爷爷不醉不疯，……去，我们到河边看他们放鸭子去。可惜我老了，不能下水里去捉只鸭子回家焖姜吃。"他还想说："二老捉得鸭子，一定又会送给我们的。"话不及说，二老来了，站在翠翠面前微笑着。翠翠也笑着。

于是三个人回到吊脚楼上去。

考点提炼

1. 天保傩送兄弟俩选取了湘西民俗中两种不同的求婚方式，各是什么？请简要说明。

答案：天保选择走车路，就是婚姻由家长做主，请了媒人到女方家中提亲，就是父母之命、媒妁之言。傩送选择走马路，就是婚姻由自己做主，为姑娘唱三年六个月歌，打动对方，也就等于自由恋爱。

2. 老船夫对翠翠的婚姻，有什么想法？

答案：尊重翠翠的心意。虽然很喜欢天保，但仍然将选择的权利交给了翠翠，才会反复试探翠翠的心思。

解 析

"你以为翠翠肯了我还会不肯吗？""这是她的事呵！"老船夫从女儿（翠翠的母亲）"走马路"的悲剧中接受了教训，因此，积极提议天保"走车路"，因为在诚实、质朴的老船夫看来，无论天保、傩送都是翠翠今后非常好的依靠。

3. "她当真仿佛觉得自己是在生一个人的气,又像是在生自己的气",表现翠翠什么样的心理,与后文的情节有什么关系?

答案:看到了王团总的女儿,听到了人们对二老婚姻的看法,心中沉重、不安、混乱、迷茫,不知该埋怨谁,不知该怎么办,只能自己委屈地生气。也暗示着二人的爱情即将面临的挑战与坎坷。

结合上下文情节分析人物心理,把握情节关系。

4. 沈从文生长于湘水,对苗族风俗特别了解,《边城》有哪些相关描写,有什么作用?

答案:玩灯、对歌、提亲、赛龙舟,描绘了美好的自然环境和人文环境,既体现了"边城"的乡土特点,增加了生活气息,又为自然淳朴的人性美提供了呈现的诗意空间。

十一

顺顺请了媒人来为儿子正式求亲。翠翠在明白求亲的是天保后委屈得想哭，却看到祖父想起了母亲的伤感，强自忍耐。在这雨后初晴的天气中，她回顾过往，思绪纷乱，茫然不知所措。

十二

老船夫得不到翠翠的回答，只能在含含糊糊中打发了媒人，暗中忧愁着孙女的婚事。傩送向哥哥天保坦承了对翠翠的心意，兄弟俩都不想放弃，因此相约以当地的风俗——月下唱歌来竞争。

十三

黄昏温柔而平静。翠翠在白塔下，看渡头人来人往，看天空薄云轻笼，做着出走的想象，孤独地哭泣悲伤。月夜下祖父讲起了翠翠父母的对歌定情，引起了女孩儿的向往。

必考段落

黄昏来时翠翠坐在家中屋后白塔下，看天空被夕阳烘成桃花色的薄云，十四中寨逢场，城中生意人过中寨收买山货的很多，过渡人也特别多，祖父在溪中渡船上忙个不息。天已快夜，别的雀子似乎都要休息了，只杜鹃叫个不息。石头泥土为白日晒了一整天，草木为白日晒了一整天，到这时节皆放散一种热气。空气中有泥土气味，有草木气味，且有甲虫类气味。翠翠看着天上的红云，听着渡口飘来生意人的杂乱声音，心中有些儿薄薄的凄凉。

黄昏照样的温柔，美丽和平静。但一个人若体念到这个当前一切时，也就照样的在这黄昏中会有点儿薄薄的凄凉。于是，这日子成为痛苦的东西了。翠翠觉得好像缺少了什么。好像眼见到这个日子过去了，想要在一件新的人事上攀住它，但不成。好像生活太平凡了，忍受不住。

"我要坐船下桃源县过洞庭湖，让爷爷满城打锣去叫我，点了灯笼火把去找我。"

她便同祖父故意生气似的，很放肆地去想到这样一件不可能事情，她且想象她出走后，祖父用各种方法寻觅她皆无结果，到后如何躺在渡船上。

人家喊"过渡，过渡，老伯伯，你怎么的！不管事！""怎么的！翠翠走了，下桃源县了！""那你怎样办？""那怎么办吗？拿了把刀，放在包袱里，搭下水船去杀了她！"……翠翠仿佛当真听着这种对话，吓怕起来了，一面锐声喊着她的祖父，一面从坎上跑向溪边渡口去。见到了祖父正把船拉在溪中心，船上人喁喁说着话，小小心子还依然跳跃不已。

"爷爷，爷爷，你把船拉回来呀！"

那老船夫不明白她的意思，还以为是翠翠要为他代劳了，就说：

"翠翠，等一等，我就回来！"

"你不拉回来了吗？"

"我就回来！"

翠翠坐在溪边，望着溪面为暮色所笼罩的一切，且望到那只渡船上一群过渡人，其中有个吸旱烟的打着火镰吸烟，把烟杆在船边剥剥的敲着烟灰，就忽然哭起来了。

祖父把船拉回来时，见翠翠痴痴的坐在岸边，问她是什么事，翠翠不作声。祖父要她去烧火煮饭，想了一会儿，觉得自己哭得可笑，一个人便回到屋中去，坐在黑黝黝的灶边把火烧燃后，她又走到门外高崖上去，喊叫她的祖父，要他回家里来。在职务上毫不儿戏的老船夫，因为明白过渡人皆是赶回城中吃晚饭的人，来一个就渡一个，不便要人站在那岸边呆等，故不上岸来。只站在船头告翠翠，不要叫他，且让他做点事，把人渡完事后，就会回家里来吃饭。

翠翠第二次请求祖父，祖父不理会，她坐在悬崖上，很觉得悲伤。

天夜了，有一批大萤火虫尾上闪着蓝光，很迅速的从翠翠身旁飞过去，翠翠想，"看你飞得多远！"便把眼睛随着那萤火虫的明光追去。杜鹃又叫了。

"爷爷，为什么不上来？我要你！"

在船上的祖父听到这种带着娇有点儿埋怨的声音，一面粗声粗气的答道："翠翠，我就来，我就来！"一面心中却自言自语："翠翠，爷爷不在了，你将怎么样？"

老船夫回到家中时，见家中还黑黝黝的，只灶间有火光，见翠翠坐在灶边矮条凳上，用手蒙着眼睛。

走过去才晓得翠翠已哭了许久。祖父一个下半天来，皆弯着个腰在船上拉来拉去，歇歇时手也酸了，腰也酸了，照规矩，一到家里就会嗅到锅中所焖瓜菜的味道，且可看见翠翠安排晚饭在灯光下跑来跑去的影子。今天情形竟不同了一点。

祖父说："翠翠，我来慢了，你就哭，这还成吗？我死了呢？"

翠翠不作声。

祖父又说："不许哭，做一个大人，不管有什么事都不许哭。要硬扎一点，结实一点，方配活到这块土地上！"

翠翠把手从眼睛边移开，靠近了祖父身边去。"我不哭了。"

两人作饭时，祖父为翠翠述说起一些有趣味的故事。

因此提到了死去了的翠翠的母亲。两人在豆油灯下把饭吃过后，老船夫因为工作疲倦，喝了半碗白酒，因此饭后兴致极好，又同翠翠到门外高崖上月光下去说故事。说了些那个可怜母亲的乖巧处，同时且说到那可怜母亲性格强硬处，使翠翠听来神往倾心。

翠翠抱膝坐在月光下，傍着祖父身边，问了许多关于那个可怜母亲的故事。间或吁一口气，似乎心中压上了些分量沉重的东西，想挪移得远一点，才吁着这种气，可是却无从把那种东西挪开。

月光如银子，无处不可照及，山上篁竹在月光下皆成为黑色。身边草丛中虫声繁密如落雨。间或不知道从什么地方，忽然会有一只草莺"嘘！"啭着她的喉咙，不久之间，这小鸟儿又好像明白这是半夜，不应当那么吵闹，便仍然闭着那小小眼儿安睡了。

祖父夜来兴致很好，为翠翠把故事说下去，就提到了本城人二十年前唱歌的风气，如何驰名于川黔边地。翠翠的父亲，便是当地唱歌的第一手，能用各种比喻解释爱与憎的结子，这些事也说到了。翠翠母亲如何爱唱歌，且如何同父亲在未认识以前在白日里对歌，一个在半山上竹篁里砍竹子，一个在溪面渡船上拉船，这些事也说到了。

翠翠问："后来怎么样？"

祖父说："后来的事当然长得很，最重要的事情，就是这种歌唱出了你。"

祖父于是沉默了，不曾说"唱出了你后也就死去了你的父亲和母亲"。

考点提炼

1．"翠翠看着天上的红云，听着渡口飘来生意人的杂乱声音，心中有些儿薄薄的凄凉"，请分析"凄凉"的原因。

答案：（1）杜鹃叫个不息，啼叫令人悲愁；（2）热气蒸人，各种气味令人烦闷；（3）生意人杂乱声音，使人心里烦乱；（4）生活太平凡，不能在一件新的人事上攀住，内心骚动不安的爱情无法表达；（5）祖父在溪中渡船上忙个不息，一个人很孤寂。

 解析

联系文本，关注人物与环境的关系。

2. 为什么翠翠会想象她出走的各种情景?

答案:翠翠感到日子有点痛苦,"好像缺少了点什么",她觉得委屈,自然地迁怒到唯一可以向之撒娇的祖父,她并不当真地胡思乱想着自己出走以后带给爷爷的惩罚,她深知祖父爱她,所以让他尝尝失去她的痛苦。其实,这是一种依赖感,也是一种孤独感。

3. 翠翠哭了几次? 请简述翠翠哭的原因。

答案:哭过两次。第一次是因为满腔心事无人诉说,觉得委屈而哭。"翠翠坐在溪边,望着溪面为暮色所笼罩的一切,且望到那只渡船上一群过渡人,其中有个吸旱烟的打着火镰吸烟,且把烟杆在船边剥剥的敲着烟灰,就忽然哭起来了";第二次是因为担心爷爷,为爷爷不听她的话及时回家,觉得孤独,伤心而哭。"老船夫回到家中时,见家中还黑黝黝的,只灶间有火光,见翠翠坐在灶边矮条凳上,用手蒙着眼睛。(另一段)走过去才晓得翠翠已哭了许久。"

解析

翠翠的少女春情早已萌动,但这种朦胧的心理翠翠却无法明确说出,没有母爱、心理孤独的翠翠面对内心情感不知所措。而爷爷却又总用说笑话的方式,试探她微妙难言的心理，她只能羞涩地极力回避。加之前来提亲的又是并不中意的天保，去看赛龙舟时又听到关于傩送和有碾坊陪嫁的王团总千金的传闻，这样的难题翠翠不知如何面对。正是这哭，反映了翠翠内心对祖父的负疚感、无人解怀的孤寂感以及梦与现实的矛盾感。

4. 小说多次提到翠翠的父母，对表现小说的主题有什么作用？

答案：（1）在小说的第一章，作者就交代了翠翠母亲的故事：她和一个军人唱歌相熟后有了私情，军人服毒自杀，她在生下孩子之后也追随赴死。（2）翠翠母亲的死透露了为什么爷爷有时候唉声叹气，并且对翠翠的终身大事如此重视，爷爷不希望翠翠走和她母亲一样的道路。（3）为天保、傩送两兄弟进行赛歌的求婚方式，为天保的死埋下了伏笔。（4）翠翠母亲的死是爱情的悲剧，也是一种不悖于人性的美。（5）《边城》通过翠翠父母的爱情悲剧，反映出湘西人民在"自然""人事"面前不能把握自己的命运，一代又一代重复着悲剧的人生，寄托了作者民族的和个人的隐痛。

十四

对溪高崖上的歌声让翠翠摘了一夜虎耳草，那是一个有趣又美好的梦。听了半夜的老船夫以为是天保在传情，借故到河街上找大老报喜，却因天保的话意外发现翠翠喜欢的是傩送，忧心忡忡的爷爷独自沉默着，并不跟翠翠说一个字。

必考段落

老船夫做事累了睡了，翠翠哭倦了也睡了。翠翠不能忘记祖父所说的事情，梦中灵魂为一种美妙歌声浮起来了，仿佛轻轻的各处飘着，上了白塔，下了菜园，到了船上，又复飞窜过悬崖半腰——去作什么呢？摘虎耳草！白日里拉船时，她仰头望着崖上那些肥大虎耳草已极熟习。崖壁三五丈高，平时攀折不到手，这时节却可以选顶大的叶子作伞。

一切皆像是祖父说的故事，翠翠只迷迷胡胡的躺在粗麻布帐子里草荐上，以为这梦做得顶美顶甜。祖父却在床上醒着，张起个耳朵听对溪高崖上的人唱了半夜的歌。他知道那是谁唱的，他知道是河街上天保大老走马路的第一着，因此又忧愁又快乐的听下去。翠翠因为日里哭倦了，睡得正好，他就不去惊动她。

第二天天一亮，翠翠同祖父起身了，用溪水洗了脸，把早上说梦的忌讳去掉了，翠翠赶忙同祖父去说昨晚上所梦的事情。

"爷爷，你说唱歌，我昨天就在梦里听到一种顶好听的歌声，又软又缠绵，我像跟了这声音各处飞，飞到对溪悬崖半腰，摘了一大把虎耳草，得到了虎耳草，我可不知道把这个东西交给谁去了。我睡得真好，梦的真有趣！"

祖父温和悲悯的笑着，并不告给翠翠昨晚上的事实。

1. 下列对小说有关内容的分析和概括，不恰当的两项是（　　）

A. 翠翠摘了一大把虎耳草，得到了虎耳草，可不知道把这个东西交给谁去了。表明了她内心的不安。

B. 翠翠平时对虎耳草攀折不到手，现在梦中能够容易地摘到了，说明她内心与以前相比对傩送朦胧的感情现在渐渐地明确起来了。

C. 本文线索就是翠翠对傩送的思念。这是条暗线，因为小说并没有用非常明确的语言来写翠翠的爱情，而是蕴藏在对话与想象之中。

D. 祖父听歌时的忧愁，主要是因为唱歌的不是自己喜欢的天保。

答案：CD

───────── 解析 ─────────

C项，"本文线索就是翠翠对傩送的思念"不当。D项，是因为对傩送有碾坊事件的顾虑，为翠翠的未来担忧。

2.“祖父温和悲悯的笑着”谈谈你对句中加点词的理解。

答案：“温和悲悯”，表现了老船夫内心的矛盾，对相依为命的孙女翠翠，老船夫有着无条件的爱，因而温和；由于不可预测的未来，让他想起了死去的独生女，也更为翠翠的命运担忧，因而悲悯。

3.阅读诗经《邶风·静女》，回答问题。

邶风·静女

静女其姝，俟我于城隅。爱①而不见，搔首踟蹰。

静女其娈，贻我彤管。彤管有炜②，说怿女美。

自牧归荑③，洵美且异。匪女之为美，美人之贻。

注释：①爱：通"薆"，隐蔽。②炜（wěi）：盛明貌。③牧：野外。归：借作"馈"，赠。荑（tí）：白茅。

说说此诗中哪个意象与"虎耳草"意义相同，这样写各有什么作用？请简要分析。

答案：

（1）虎耳草的叶子心形，虎耳草长在对溪悬崖上，那里是傩送唱歌求爱的地方，虎耳草是翠翠爱情的象征。"荑"白茅，茅之始生也，象征婚媾。两者意义相同，借此写爱情更形象也更有浪漫色彩。

（2）《边城》从虎耳草写起，开篇就构建出人物活动的特定环境和翠翠之爱的诗意美。翠翠摘虎耳草的梦，表明翠翠的爱由朦胧渐至清晰，变得明确起来，含蓄地表现了情窦初开的翠翠对爱情的朦胧憧憬，对幸福生活的渴望。在结构上与结尾遥相呼应，共同烘托主题。

（3）而《邶风·静女》中野外取回的并不新鲜的白茅不够美丽，因为是心上人的馈赠，所以感觉格外美丽独特。在二人相约又赠送彤管后，白茅更有鲜明的表情达意的作用。以此意象结尾，更增加了情感的确定性。

 解析

分析意象的作用可以从内容、情感、结构等方面入手。

十五

对孙女婚事的关怀，使老船夫想尽办法引导翠翠理解二老的情意，但想起碾坊，又不免烦乱。祖孙俩在月光下聊天、吹笛，熟悉的歌声把翠翠又带进了美妙的情境中，然而，这并不是期待的歌声，而是老船夫唱的那晚上听来的歌。梦中的人还未到来。

必考段落

大老坐了那只新油船向下河走去了，留下傩送二老在家。老船夫方面还以为上次歌声既归二老唱的，在此后几个日子里，自然还会听到那种歌声。一到了晚间就故意从别样事情上，促翠翠注意夜晚的歌声。两人吃完饭坐在屋里，因屋前滨水，长脚蚊子一到黄昏就嗡嗡的叫着，翠翠便把蒿艾束成的烟包点燃，向屋中角隅各处晃着驱逐蚊子。晃了一阵，估计全屋子里已为蒿艾烟气熏透了，方把烟包搁到床前地上去，再坐在小板凳上来听祖父说话。从一些故事上慢慢的谈到了唱歌，祖父话说得很妙。祖父到后发问道：

"翠翠，梦里的歌可以使你爬上高崖去摘虎耳草，若当真有谁来在对溪高崖上为你唱歌，你预备怎么样？"祖父把话当笑话说着的。

翠翠便也当笑话答道："有人唱歌我就听下去，他唱多久我也听多久！"

"唱三年六个月呢？"

"唱得好听，我听三年六个月。"

"这不大公平吧。"

"怎么不公平？为我唱歌的人，不是极愿意我长远听他唱歌吗？"

"照理说：炒菜要人吃，唱歌要人听。可是人家为你唱，是要你懂他歌里的意思！"

"爷爷，懂歌里什么意思？"

"自然是他那颗想同你要好的真心！不懂那点心事，不是同听竹雀唱歌一样吗？"

"我懂了他的心又怎么样？"

祖父用拳头把自己腿重重的捶着，且笑着："翠翠，你人乖，爷爷笨得很，话也说得不温柔，莫生气。我信口开河，说个笑话给你听。你应当当笑话听。河街天保大老走车路，请保山来提亲，我告给过你这件事了，你那神气不愿意，是不是？可是，假若那个人还有个兄弟，走马路，为你来唱歌，向你攀交情，你将怎么说？"

翠翠吃了一惊，低下头去。因为她不明白这笑话究竟有几分真，又不清楚这笑话是谁诌的。

祖父说："你试告我，愿意哪一个？"

翠翠便勉强笑着轻轻的带点儿恳求的神气说：

"爷爷莫说这个笑话吧。"翠翠站起身了。

"我说的若是真话呢？"

"爷爷你真是个……"翠翠说着走出去了。

祖父说："我说的是笑话，你生我的气吗？"

翠翠不敢生祖父的气，走近门限边时，就把话引到另外一件事情上去："爷爷看天上的月亮，那么大！"说着，出了屋外，便在那一派清光的露天中站定。站了一忽儿，祖父也从屋中出到外边来了。翠翠于是坐到那白日里为强烈阳光晒热的岩石上去，石头正散发日间所储的余热。祖父就说：

"翠翠，莫坐热石头，免得生坐板疮。"

但自己用手摸摸后，自己也坐到那岩石上了。

月光极其柔和，溪面浮着一层薄薄白雾，这时节对溪若有人唱歌，隔溪应和，实在太美丽了。翠翠还记着先前祖父说的笑话。耳朵又不聋，祖父的话说得极分明，一个兄弟走马路，唱歌来打发这样的晚上，算是怎么一回事？她似乎为了等着这样的歌声，沉默了许久。

她在月光下坐了一阵，心里却当真愿意听一个人来唱歌。久之，对溪除了一片草虫的清音复奏以外别无所有。翠翠走回家里去，在房门边摸着了那个芦管，拿出来在月光下自己吹着。觉吹得不好，又递给祖父要祖父吹。老船夫把那个芦管竖在嘴边，吹了个长长的曲子，翠翠的心被吹柔软了。

翠翠依傍祖父坐着，问祖父：

"爷爷，谁是第一个做这个小管子的人？"

"一定是个最快乐的人作的，因为他分给人的也是许多快乐；可又像是个最不快乐的人作的，因为他同时也可以引起人不快乐！"

"爷爷，你不快乐了吗？生我的气了吗？"

"我不生你的气。你在我身边，我很快乐。"

"我万一跑了呢？"

"你不会离开爷爷的。"

"万一有这种事，爷爷你怎么样？"

"万一有这种事，我就驾了这只渡船去找你。"

翠翠嗤的笑了。"凤滩茨滩不为凶，下面还有绕鸡笼；绕鸡笼也容易下，青浪滩浪如屋大。爷爷，你渡船也能下凤滩茨滩青浪滩吗？那些地方的水，你不说过全是像疯子，毫不讲道理？"

祖父说："翠翠，我到那时可真像疯子，还怕大水大浪？"

翠翠俨然极认真的想了一下，就说："爷爷，我一定不走。可是，你会不会走？你会不会被一个人抓到别处去？"

祖父不作声了，他想到不犯王法不怕官，只有被死亡抓走那一类事情。

老船夫打量着自己被死亡抓走以后的情形，痴痴的看望天南角上一颗星子，心想："七月八月天上方有流星，人也会在七月八月死去吧？"又想起白日在河街上同大老谈话的经过，想起中寨人陪嫁的那座碾坊，想起二老，想起一大堆事情，心中有点儿乱。

翠翠忽然说："爷爷，你唱个歌给我听听，好不好？"

祖父唱了十个歌，翠翠傍在祖父身边，闭着眼睛听下去，等到祖父不作声时，翠翠自言自语说："我又摘了一把虎耳草了。"

祖父所唱的歌，原来便是那晚上听来的歌。

1. 下列对小说"翠翠不敢生祖父的气"有关内容的分析和概括，不恰当的一项是（　　）

A. 翠翠对爷爷明知自己心思还要追问自己选大老还是二老，很不满，只是胆子小不敢表达。

B. 翠翠气二老不和自己一样对爱情执着，不再坚持唱歌示爱。

C. 翠翠更气自己，明知王团总想把女儿许配给二老，还心存幻想。

D. 翠翠气自己不能和王团总之千金平等竞争。

答案：A

———————— 解 析 ————————

翠翠对爷爷明知自己心思还要追问自己选大老还是二老，很不满。但她明白爷爷是一番好心，希望自己忘记二老，答应大老的提亲。可感情不是买卖，翠翠实在不愿意做违心的选择，她面对百般疼爱自己的祖父，"不敢生气"，只能勉强笑着。

---

2. 下列对小说"歌声"有关内容的分析和概括，不恰当的两项是（　　）

A. 傩送借助歌声来表达情意，歌声又软又缠绵，表明了傩送对翠翠的绵绵爱意。

B. "人家为你唱，是要你懂他歌里的意思！"爷爷借助歌声试探翠翠的心意，引导翠翠找到自己的真心。

C. 祖父吹了长长的曲子，婉转的曲调使"翠翠的心被吹柔软了"，表明她被柔柔的曲子所感染，已经不再纠结于祖父之前所说的事情中。

D. 翠翠忽然说："爷爷，你唱个歌给我听听，好不好？"因为在极其柔和的月光里，翠翠渴望对溪人来唱歌，然而她未能如愿，希望在歌声中继续憧憬。

E. 最后，祖父唱了十个歌，翠翠自言自语说："我又摘了一把虎耳草了"？说明歌声动听，爷爷唱得好听，让翠翠沉醉其中。

答案：CE

C项，翠翠被柔柔的曲子所感染，浸润在自己憧憬的爱的温柔甜蜜中。E项，翠翠最后听祖父唱歌，就是傩送昨晚唱的歌，心里踏实了，她知道傩送也像自己爱他一样爱着自己。说明翠翠已经找到了爱情的方向。

3. 简析此部分环境描写的作用。

　　答案："月光极其柔和，溪面浮着一层薄薄白雾"，营造出静谧清幽美好的水滨环境，这时节对溪若有人唱歌，隔溪应和，实在太美丽了，用此烘托翠翠此时期待又迷茫的心理，塑造其迷蒙凄美的形象。"一片草虫的清音复奏"，以动衬静，月光如水，等待的人却没有来，使翠翠心乱了，便连芦管也吹不好了。

　　要考虑小说环境描写与人物情感、性格、心理的关系，还要考虑其在情节、主题方面的作用。

十六

章节导读

天保下茨滩遇难而亡，顺顺备受打击，傩送冷淡相对，老船夫在不安中回转碧溪岨。翠翠得知二老的不满，心乱痛哭。

必考段落

二老有机会唱歌却从此不再到碧溪岨唱歌。十五过去了，十六也过去了，到了十七，老船夫忍不住了，进城往河街去找寻那个年青小伙子，到城门边正预备入河街时，就遇着上次为大老作保山的杨马兵，正牵了一匹骡马预备出城，一见老船夫，就拉住了他：

"伯伯，我正有事情告你，碰巧你就来城里！"

"什么事情？"

"天保大老坐下水船到茨滩出了事，闪不知这个人掉到滩下漩水里就淹坏了。早上顺顺家里得到这个信息，听说二老一早就赶去了。"

这个不吉消息同有力巴掌一样，重重的捆了老船夫那么一下，他不相信这是当真的消息。他故作从容的说：

"天保大老淹坏了吗？从不闻有水鸭子被水淹坏的！"

"可是那只水鸭子仍然有那么一次被淹坏了……我赞成你的卓见，不让那小子走车路十分顺手。"

从马兵言语上，老船夫还十分怀疑这个新闻，但从马兵神气上注意，老船夫却看清楚这是个真的消息了。他惨惨的说：

"我有什么卓见可说？这是天意！一切都有天意。……"老船夫说时心中充满了感情。

特为证明那马兵所说的话有多少可靠处，老船夫同马兵分手后，于是匆匆赶到河街上去。到了顺顺家门前，正有人烧纸钱，许多人围在一处说话。挽加进去听听，所说的便是杨马兵提到的那件事。但一到有人发现了身后的老船夫时，大家便把话语转了方向，故意来谈下河油价涨落情形了。老船夫心中很不安，正想找一个比较要好的水手谈谈。

一会儿船总顺顺从外面回来了，样子沉沉的，这豪爽正直的中年人，正似乎为不幸打倒，努力想挣扎爬起的神气，一见到老船夫就说：

"老伯伯，我们谈的那件事情吹了吧。天保大老已经坏了，你知道了吧？"

老船夫两只眼睛红红的，把手搓着："怎么的，这是真事！这不会是真事！是昨天，是前天？"

另一个像是赶路回来报信的，便插嘴说道："十六中上，船搁到石包子上，船头进了水，大老想把篙撑着，人就弹到水中去了。"

老船夫说："你眼见他下水吗？"

"我还和他同时下水！"

"他说什么？"

"什么都来不及说！这几天来他都不说话！"

老船夫把头摇摇，向顺顺那么怯怯的了一眼。船总顺顺像知道他的心中不安处，就说："伯伯，一切是天，算了吧。我这里有大兴场人送来的好烧酒，你拿一点去喝吧。"一个伙计用竹筒子上了一筒酒，用新桐木叶蒙着筒口，交给了老船夫。

老船夫把酒拿走，到了河街后，低头向河码头走去，到河边天保大前天上船处去看看。杨马兵还在那里放马到沙地上打滚，自己坐在柳树荫下乘凉。老船夫就走过去请马兵试试那大兴场的烧酒，两人喝了点酒后，兴致似乎好些了，老船夫就告给杨马兵，十四夜里二老两兄弟过碧溪岨唱歌那件事情。

那马兵听到后便说：

"伯伯，你是不是以为翠翠愿意二老，应该派归二老……"

话不说完，傩送二老却从河街下来了。这年青人正像要远行的样子，一见了老船夫就回头走去。杨马兵喊他说："二老，二老，你来，我有话同你说呀！"

二老站定了，很不高兴神气，问马兵"有什么话说"。马兵望望老船夫，就向二老说："你来，有话说！"

"什么话？"

"我听人说你已经走了——你过来我同你说，我不会吃掉你！你什么时候走？"

那黑脸宽肩膊，样子虎虎有生气的傩送二老，勉强似的笑着，到了柳荫下时，老船夫想把空气缓和下来，指着河上游远处那座新碾坊说："二老，听人说那碾坊将来是归你的！归了你，派我来守碾子，行不行？"

二老仿佛听不惯这个询问的用意，便不作声。杨马兵看风头有点儿僵，便说："二老，你怎么的，预备下去吗？"那年青人把头点点，不再说什么，就走开了。

老船夫讨了个没趣，很懊恼的赶回碧溪岨去，到了渡船上时，就装作把事情看得极随便似的，告给翠翠：

"翠翠，今天城里出了件新鲜事情，天保大老驾油船下辰州，运气不好，掉到茨滩淹坏了。"

翠翠因为听不懂，对于这个报告最先好像全不在意。祖父又说：

"翠翠，这是真事。上次来到这里做保山的那个杨马兵，还说我早不答应亲事，极有见识！"

翠翠瞥了祖父一眼，见他眼睛红红的，知道他喝了酒，且有了点事情不高兴，心中想："谁撩你生气？"船到家边时，祖父不自然的笑着向家中走去。翠翠守船，半天不闻祖父声息，赶回家去看看，见祖父正坐在门槛上编草鞋耳子。

翠翠见祖父神气极不对，就蹲到他身前去。

"爷爷，你怎么的？"

"天保当真死了！二老生了我们的气，以为他家中出这件事情，是我们分派的！"

有人在溪边大喊渡船过渡，祖父匆匆出去了。翠翠坐在那屋角隅稻草上，心中极乱，等等还不见祖父回来，就哭起来了。

1.听到大老的死讯，翠翠为什么先全不在意，后又哭了起来？祖父此时是怎样的心情？

答案：翠翠因听不懂，以为祖父说笑，所以最先好像全不在意，后来听明白了祖父的意思，又见神气不对，知道大老是真死了，而二老因此误会了她和祖父，她和二老未来堪忧。祖父如同被重重打了一巴掌，内心不安，充满痛苦和悔恨。加上二老的误解和冷落，祖父更加痛苦不安。祖父更因这件事会影响翠翠的未来和幸福而担忧。

2. 为什么有人发现了身后的老船夫时，大家便把话语转了方向，故意来谈下河油价涨落情形了？这样写有何作用？

答案：人们有所忌讳，不愿意在老船夫面前谈论大老的事情，间接表明对于大老的死，大家心中对老船夫有误会。为后文老船夫心情沉重、二老生气、顺顺不同意翠翠婚事做了伏笔。

本题考查人物行为在表现心理、暗示情节方面的
作用。

十七

　　老船夫再次看到傩送，忍不住怯怯地试探，然而叙述的混乱反而使二老增加了误会。他不知道，一句不说的傩送仍在期待做他的孙女婿，而傩送也不知道，他驻足等待而未得见的女孩，从山中摘了大把的虎耳草，寄托希冀。

十八

章节导读

翠翠沉浸在自己的梦想中，带着惊喜兴奋期待着不可知的明天。老船夫也乐观地带着梦想，为孙女谋划着未来。然而二老父子的淡漠，却常使老船夫失去从容。在二老又一次过渡时，羞怯的翠翠转身逃走，老船夫为两个年轻人思虑的好心反而增加了二老的不满。

必考段落

日子平平的过了一个月，一切人心上的病痛，似乎皆在那么份长长的白日下医治好了。天气特别热，各人皆只忙着流汗，用凉水淘江米酒吃，不用什么心事，心事在人生活中，也就留不住了。翠翠每天皆到白塔下背太阳的一面去午睡，高处既极凉快，两山竹篁里叫得使人发松的竹雀，与其他鸟类，又如此之多，致使她在睡梦里尽为山鸟歌声所浮着，做的梦便常是顶荒唐的梦。

这不是人的罪过。诗人们会在一件小事上写出一整本整部的诗，雕刻家在一块石头上雕得出的骨血如生的人像，画家一撇儿绿，一撇儿红，一撇儿灰，画得出一幅一幅带有魔力的彩画，谁不是为了惦着一个微笑的影子，或是一个皱眉的记号，方弄出那么些古怪成绩？翠翠不能用文字，不能用石头，不能用颜色，把那点心头上的爱憎移到别一件东西上去，却只让她的心，在一切顶荒唐事情上驰骋。她从这分隐秘里，便常常得到又惊又喜的兴奋。一点儿不可知的未来，摇撼她的情感极厉害，她无从完全把那种痴处不让祖父知道。

祖父呢，可以说一切都知道了的。但事实上他又却是个一无所知的人。他明白翠翠不讨厌那个二老，却不明白那小伙子二老近来怎样。他从船总处与二老处，皆碰过了钉子，但他并不灰心。

"要安排得对一点，方合道理，一切有个命！"他那么想着，就更显得好事多磨起来了。睁着眼睛时，他做的梦比那个外孙女翠翠便更荒唐更寥阔。

他向各个过渡本地人打听二老父子的生活，关切他们如同自己家中人一样。但也古怪，因此他却怕见到那个船总同二老了。一见他们他就不知说些什么，只是老脾气把两只手搓来搓去，从容处完全失去了。二老父子方面皆明白他的意思，但那个死去的人，却用一个凄凉的印象，镶嵌到父子心中，两人便对于老船夫的意思，俨然全不明白似的，一同把日子打发下去。

明明白白夜来并不作梦，早晨同翠翠说话时，那作祖父的会说：

"翠翠，翠翠，我昨晚上做了个好不怕人的梦！"

翠翠问："什么怕人的梦？"

就装作思索梦境似的，一面细看翠翠小脸长眉毛，一面说出他另一时张着眼睛所做的好梦。不消说，那些梦原来都并不是当真怎样使人吓怕的。

一切河流皆得归海，话起始说得纵极远，到头来总仍然是归到使翠翠红脸那件事情上去。待到翠翠显得不大高兴，神气上露出受了点小窘时，这老船夫又才像有了一点儿吓怕，忙着解释，用闲话来遮掩自己所说到那问题的原意。

"翠翠，我不是那么说，我不是那么说。爷爷老了，糊涂了，笑话多咧。"

但有时翠翠却静静的把祖父那些笑话糊涂话听下去，一直听到后来还抿着嘴儿微笑。

翠翠也会忽然说道：

"爷爷，你真是有一点儿糊涂！"

祖父听过了不再作声，他将说"我有一大堆心事"，但来不及说，恰好就被过渡人喊走了。

天气热了，过渡人从远处走来，肩上挑的是七十斤担子，到了溪边，贪凉快不即走路，必蹲在岩石下茶缸边喝凉茶，与同伴交换"吹吹棒"烟管，且一面与弄渡船的攀谈。许多天上地下子虚乌有的话皆从此说出口来，给老船夫听到了。过渡人有时还因溪水清洁，就溪边洗脚抹澡的，坐得更久话也就更多。祖父把些话转说给翠翠，翠翠也就学懂了许多事情。货物的价钱涨落呀，坐轿搭船的用费呀，放木筏的人把他那个木筏从滩上流下时，十来把大招子如何活动呀，在小烟船上吃荤烟，大脚婆娘如何烧烟呀……无一不备。

傩送二老从川东押物回到了茶峒。时间已近黄昏了，溪面很寂静，祖父同翠翠在菜园地里看萝卜秧子。翠翠白日中觉睡久了些，觉得有点寂寞，好像听人嘶声喊过渡，就争先走下溪边去。下坎时，见两个人站在码头边，斜阳影里背身看得极分明，正是傩送二老同他家中的长年！翠翠大吃一惊，同小兽物见到猎人一样，回头便向山竹林里跑掉了。但那两个在溪边的人，听到脚步响时，一转身，也就看明白这件事情了。等了一下再也不见人来，那长年又嘶声音喊叫过渡。

老船夫听得清清楚楚，却仍然蹲在萝卜秧地上数菜，心里觉得好笑。他已见到翠翠走去，他知道必是翠翠看明白了过渡人是谁，故意蹲在那高岩上不理会。翠翠人小不管事，过渡人求她不干，奈何她不得，故只好嘶着个喉咙叫过渡了。那长年叫了几声，见没有人来，就停了，同二老说："这是什么玩意儿，难道老的害病弄翻了，只剩翠翠一个人了吗？"二老说："等等看，不算什么！"就等了一阵。因为这边在静静的等着，园地上老船夫却在心里说："难道是二老吗？"他仿佛担心搅恼了翠翠似的，就仍然蹲着不动。

但再过一阵，溪边又喊起过渡来了，声音不同了一点，这才真是二老的声音。生气了吧？等久了吧？吵嘴了吧？老船夫一面胡乱估着，一面连奔带窜跑到溪边去。到了溪边，见两个人业已上了船，其中之一正是二老。老船夫惊讶的喊叫：

"呀，二老，你回来了！"

年青人很不高兴似的，"回来了，——你们这渡船是怎么的，等了半天也不来个人！"

"我以为——"老船夫四处一望，并不见翠翠的影子，只见黄狗从山上竹林里跑来，知道翠翠上山了，便改口说："我以为你们过了渡。"

"过了渡！不得你上船，谁敢开船？"那长年说着，一只水鸟掠着水面飞去，"翠鸟儿归窠了，我们还得赶回家去吃夜饭！"

"早咧，到河街早咧，"说着，老船夫已跳上了船，且在心中一面说着，"你不是想承继这只渡船吗！"一面把船索拉动，船便离岸了。

"二老，路上累得很！……"

老船夫说着，二老不置可否不动感情听下去。船拢了岸，那年青小伙子同家中长年话也不说挑担子翻山走了。那点淡漠印象留在老船夫心上，老船夫于是在两个人身后，捏紧拳头威吓了三下，轻轻的吼着，把船拉回去了。

考点提炼

怎样理解翠翠的梦与老船夫的梦？

答案:（1）翠翠的梦是对爱情的憧憬与渴望，仍然只是心中的畅想。爷爷的梦则是要通过自己的努力，让翠翠得到爱情、成就完美婚姻，从此获得幸福。两人的梦都表达了对美好未来的期待。

（2）但是梦境毕竟是虚幻的，它在现实面前只会消散，这也预示着翠翠的爱情在现实世界的悲剧结局。

（3）梦也是质朴纯真的湘西边城的缩影，这也表明，世外桃源只能是一种梦想的存在。

解析

　　梦境在全文具有重要位置，是体现翠翠爱情心理的重要意象。翠翠曾经在睡梦里摘虎耳草，现在又梦中尽为山鸟歌声所浮着，都可以知道，翠翠的梦是对爱情的憧憬与渴望，只是仍然是心中的畅想。"要安排得对一点，方合道理，一切有个命！"祖父那么想着，就更显得好事多磨起来了。睁着眼睛时，他做的梦比那个外孙女翠翠便更荒唐更辽阔。而后，爷爷又费尽心思为翠翠制造机会，尽力与二老搭话。可见，爷爷的梦则是要通过自己的努力，让翠翠得到爱情、成就完美婚姻，从此获得幸福。除此还要考虑情节、主题的作用。

十九

章节导读

　　二老得不到老船夫和翠翠的明确回应，愤然气恼，坚定拒绝了碾坊，与父亲争吵后，离开了茶峒。老船夫在王团总派出的探信人的有意误导下郁结于心，强撑着病体到河街顺顺家里去探口风，顺顺却不愿意让间接弄死了第一个儿子的女孩子来做第二个儿子的媳妇，明确地回绝了老船夫。而这些，都是翠翠不知道的。

必考段落

　　翠翠向竹林里跑去，老船夫半天还不下船，这件事从

.

傩送二老看来，前途显然有点不利。虽老船夫言词之间，无一句话不在说明"这事有边"，但那畏畏缩缩的说明，极不得体，二老想起他的哥哥，便把这件事曲解了。他有一点愤愤不平，有一点儿气恼。回到家里第三天，中寨有人来探口风，在河街顺顺家中住下，把话问及顺顺，想明白二老的心中，是不是还有意接受那座新碾坊，顺顺就转问二老自己意见怎么样。

二老说："爸爸，你以为这事为你，家中多座碾坊多个人，你可以快活，你就答应了。若果为的是我，我要好好去想一下，过些日子再说它吧。我尚不知道我应当得座碾坊，还应当得一只渡船；因为我命里或只许我撑个渡船！"

探口风的人把话记住，回中寨去报命。到碧溪岨过渡时，见到了老船夫，想起二老说的话，不由得不眯眯的笑着。老船夫问明白了他是中寨人，就又问他上城作些什么事。

那心中有分寸的中寨人说：

"什么事也不作，只是过河街船总顺顺家里坐了一会儿。"

"无事不登三宝殿，坐了一定就有话说！"

"话倒说了几句。"

"说了些什么话？"那人不再说了。老船夫却问道："听说你们中寨人想把河边一座碾坊连同家中闺女送给河街上顺顺，这事情有不有了点眉目？"

那中寨人笑了。"事情成了。我问过顺顺，顺顺很愿意和中寨人结亲家，又问过那小伙子，……"

"小伙子意思怎么样？"

"他说：我眼前有座碾坊，有条渡船，我本想要渡船，现在就决定要碾坊吧。渡船是活动的，不如碾坊固定，这小子会打算盘呢。"

中寨人是个米场经纪人，话说得极有斤两，他明知道"渡船"指的是什么意思，但他可并不说穿。他看到老船夫口唇嚅动，想要说话，中寨人便又抢着说道：

"一切皆是命，半点不由人。可怜顺顺家那个大老，相貌一表堂堂，会淹死在水里！"

老船夫被这句话在心上戳了一下，把想问的话咽住了。中寨人上岸走去后，老船夫闷闷的立在船头，痴了许久。又把二老日前过渡时落漠神气温习一番，心中大不快乐。

翠翠在塔下玩得极高兴，走到溪边高岩上想要祖父唱唱歌，见祖父不理会她，一路埋怨赶下溪边去。到了溪边方见到祖父神气十分沮丧，可不明白为什么原因。翠翠来了，祖父看看翠翠的快活黑脸儿，粗卤的笑笑。对溪有扛货物过渡的，便不说什么，沉默的把船拉过溪南，到了中心却大声唱起歌来了。把人渡了过溪，祖父跳上码头走近翠翠身边来，还是那么粗卤的笑着，把手抚着头额。

翠翠说：

"爷爷怎么的，你发痧了？你躺到荫下去歇歇，我来管船！"

"你来管船，好的妙的，这只船归你管！"

老船夫似乎当真发了痧，心头发闷，虽当着翠翠还显出硬扎样子，独自走回屋里后，找寻得到一些碎瓷片，在自己臂上腿上扎了几下，放出了些乌血，就躺在床上睡了。

翠翠自己守船，心中却古怪的快乐高兴，心想："爷爷不为我唱歌，我自己会唱！"

她唱了许多歌，老船夫躺在床上闭着眼睛，一句一句听下去，心中极乱。但他知道这不是能够把他打倒的大病，到明天就仍然会爬起来的。他想明天进城，到河街去看看，又想起另外许多旁的事情。

但到了第二天，人虽起了床，头还沉沉的。祖父当真已病了。翠翠显得懂事了些，为祖父煎了一罐大发药，逼着祖父喝，又觅过屋后菜园地里摘取蒜苗泡在米汤里作酸蒜苗。一面照料船只，一面还时时刻刻抽空赶回家来看祖父，问这样那样。祖父可不说什么，只是为一个秘密痛苦着。躺了三天，人居然好了。屋前屋后走动了一下，骨头还硬硬的，心中惦念到一件事情，便预备进城过河街去。翠翠看不出祖父有什么要紧事情，必须当天入城，请求他莫去。

老船夫把手搓着，估量到是不是应说出那个理由。在面前，翠翠一张黑黑的瓜子脸，一双水汪汪的眼睛，使他吁了一口气。

他说："我有要紧事情，得今天去！"

翠翠苦笑着说："有多大要紧事情，还不是……"

老船夫知道翠翠脾气，听翠翠口气已经有点不高兴，不再说要走了，把预备带走的竹筒，同扣花裌裤搁到长几上后，带点儿谄媚笑着说："不去吧，你担心我会把自己摔死，我就不去吧。我以为天气早上不很热，到城里把事办完了就回来——不去也得，我明天去！"

翠翠轻声的温柔的说："你明天去也好，你腿还软！好好的躺一天再起来。"

老船夫似乎心中还不甘服，撒着两手走出去，在门限边一个打草鞋的棒槌，差点儿把他绊了一大跤。稳住了时翠翠苦笑着说："爷爷，你瞧，还不服气！"老船夫拾起那棒槌，向屋角隅摔去，说道："爷爷老了！过几天打豹子给你看！"

到了午后，落了一阵行雨，老船夫却同翠翠好好商量，仍然进了城。翠翠不能陪祖父进城，就要黄狗跟去。老船夫在城里被一个熟人拉着谈了许久盐价米价，又过守备衙门看了一会厘金局长新买的骡马，方到河街顺顺家里去。到了那里，见顺顺正同三个人打纸牌，不便谈话，就站在身后看了一阵牌。后来顺顺请他喝酒，借口病刚好点不敢喝酒，推辞了。牌既不散场，老船夫又不想即走，顺顺似乎并不明白他等着有何话说，却只注意手中的牌。后来老船夫的神气倒为另外一个人看出了，就问他是不是有什么事情。老船夫方忸忸怩怩照老方子搓着他那两只大手，说别的事没有，只想同船总说两句话。

那船总方明白在身后看牌半天的理由，回头对老船夫笑将起来。

"怎不早说？你不说，我还以为你在看我牌学张子。"

"没有什么，只是三五句话，我不便扫兴，不敢说出。"

船总把牌向桌上一撒，笑着向后房走去了，老船夫跟在身后。

"什么事？"船总问着，神气似乎先就明白了他来此要说的话，显得略微有点儿怜悯的样子。

"我听一个中寨人说你预备同中寨团总打亲家，是不是真事？"

船总见老船夫的眼睛盯着他的脸，想得一个满意的回答，就说："有这事情。"那么答应，意思却是："有了你怎么样？"

老船夫说:"真的吗?"

那一个又很自然的说:"真的。"意思却依旧包含了"真的又怎么样?"一个疑问。

老船夫装得很从容的问:"二老呢?"

船总说:"二老坐船下桃源好些日子了!"

二老下桃源的事,原来还同他爸爸吵了一阵方走的。船总性情虽异常豪爽,可不愿意间接把第一个儿子弄死的女孩子,又来作第二个儿子的媳妇,这是很明白的事情。若照当地风气,这些事认为只是小孩子的事,大人管不着,二老当真欢喜翠翠,翠翠又爱二老,他也并不反对这种爱怨纠缠的婚姻。但不知怎么的,老船夫对于这件事情的关心处,使二老父子对于老船夫反而有了一点误会。船总想起家庭间的近事,以为全与这老而好事的船夫有关,虽不见诸形色,心中却有个疙瘩。

船总不让老船夫再开口了,就语气略粗的说道:

"伯伯,算了吧,我们的口只应当喝酒了,莫再只想替儿女唱歌!你的意思我全明白,你是好意。可是我也求你明白我的意思,我以为我们只应当谈点自己分上的事情,不适宜于想那些年青人的门路了。"

老船夫被一个闷拳打倒后,还想说两句话,但船总却不让他再有说话的机会,把他拉出到牌桌边去。

老船夫无话可说，看看船总时，船总虽还笑着谈到许多笑话，心中却似乎很沉郁，把牌用力掷到桌上去。老船夫不说什么，戴起他那个斗笠，自己走了。

天气还早，老船夫心中很不高兴，又进城去找杨马兵。那马兵正在喝酒，老船夫虽推病，也免不了喝个三五杯。回到碧溪岨，走得热了一点，又用溪水去抹身子。觉得很疲倦，就要翠翠守船，自己回家睡去了。

黄昏时天气十分郁闷，溪面各处飞着红蜻蜓。天上已起了云，热风把两山竹篁吹得声音极大，看样子到晚上必落大雨。翠翠守在渡船上，看着那些溪面飞来飞去的蜻蜓，心也极乱。看祖父脸上颜色惨惨的，放心不下，便又赶回家中去。先以为祖父一定早睡了，谁知还坐在门限上打草鞋！

"爷爷，你要多少双草鞋，床头上不是还有十四双吗？怎么不好好的躺一躺？"

老船夫不作声，却站起身来昂头向天空望着，轻轻的说："翠翠，今晚上要落大雨响大雷的！回头把我们的船系到岩下去，这雨大哩。"

翠翠说："爷爷，我真吓怕！"翠翠怕的似乎并不是晚上要来的雷雨。

老船夫似乎也懂得那个意思，就说："怕什么？一切要来的都得来，不必怕！"

1. 下面有关《边城》说法正确的两项是（　　）

A. 傩送深爱翠翠，但对爷爷不爽利的做法十分反感，又因为天保出事，于是负气离开家乡。

B. 老船夫是纯朴厚道而倔强的老人，他为翠翠美丽而自信骄傲，为了翠翠嫁一个中意的人，他不顾自我地从中谋划，内心时常交错着凄苦和忧虑。

C. 顺顺只是因为误会了老船夫，才想让二老接受碾坊。

D. 老船夫和顺顺地位悬殊，导致爷爷不敢答应天保的求情，还是封建的等级观念毁了年轻人的幸福。

E. 沈从文执著追求表现的是那种纯真的带有某种原始意味的人性美，他在山清水秀的湘西边地中构筑了他的人生形态。《边城》正体现了他这方面的思考。

答案：BE

解析

A项，说法有误，傩送离开家乡因为父亲逼婚，自己又迟迟得不到翠翠的回应。C项，顺顺想让二老接受碾坊还有对傩送更好的生活的期待。D项，爷爷不答应天保只是翠翠并不喜欢大老天保，没有其他原因。

2. 二老说："我尚不知道我应当得座碾坊，还应当得一只渡船；因为我命里或只许我撑个渡船。"《边城》中，碾坊与渡船各代表了怎样的婚恋观？

答案：碾坊代表了一种实用的、功利的、以金钱地位为标准的婚恋观；渡船代表了一种自由的、出于心灵的相互吸引的传统古朴的爱情观。这两种爱情观发生了冲突，在作品里边，事实上是以碾坊为代表的力量取得了胜利。

3. "怕什么？一切要来的都得来，不必怕！"类似这样的话老船夫还在什么时候说过，可以看出老船夫什么样的性格特点？

答案：（1）这是安慰翠翠，让翠翠变得坚强，也是自己准备接受天命更大的考验。（2）与傩送对话时说：日头没有辜负我们，我们也切莫辜负日头。面对翠翠的哭泣时说：不许哭，做一个大人，不管有什么事都不许哭，要硬扎一点，结实一点，方配活到这块土地上。（3）都体现了老船夫的坚韧与坚毅。

二十

章节导读

夜间，雷电交加，大雨倾盆，闷重的倾圮声令人心惊。早晨起床后的翠翠发现，雨虽然停了，但山洪冲走了渡船，白塔业已坍倒，而曾经硬朗坚挺的祖父，也于雷雨将息时离世。慌乱而悲伤的翠翠在顺顺、老马兵及乡亲们的帮助下将老船夫入殓，仍不敢相信眼前的事实。一天之内，她被爷爷保护得纯净平和的世界崩塌了。

必考段落

夜间果然落了大雨，挟以吓人的雷声。电光从屋脊上掠过时，接着就是訇的一个炸雷。翠翠在暗中抖着。祖父也醒了，知道她害怕，且担心她招凉，还起身来把一条布单搭到她身上去。祖父说：

"翠翠，不要怕！"

翠翠说："我不怕！"说了还想说："爷爷你在这里我不怕！"

訇的一个大雷，接着是一种超越雨声而上的洪大闷重倾圮声。两人皆以为一定是溪岸悬崖崩落了！担心到那只渡船，会早已压在崖石下面去了。

祖孙两人便默默的躺在床上听雨声雷声。

但无论如何大雨，过不久，翠翠却依然就睡着了。醒来时天已亮了，雨不知在何时业已止息，只听到溪两岸山沟里注水入溪的声音。翠翠爬起身来，看看祖父还似乎睡得很好，开了门走出去，门前已成为一个水沟，一股浊流便从塔后哗哗的流来，从前面悬崖直堕而下。并且各处皆是那么一种临时的水道。屋旁菜园地已为山水冲乱了，菜秧皆掩在粗砂泥里了。再走过前面去看看溪里一切，才知道溪中也涨了大水，已漫过了码头，水脚快到茶缸边了。下到码头去的那条路，正同一条小河一样，哗哗的泄着黄泥水。过渡的那一条横溪牵定的缆绳，已被水淹去了。泊在崖下的渡船，已不见了。

翠翠看看屋前悬崖并不崩坍，故当时还不注意渡船的失去。但再过一阵，她上下搜索不到这东西，无意中回头一看，屋后白塔已不见了。一惊非同小可，赶忙向屋后跑去，才知道白塔业已坍倒，大堆砖石极凌乱的摊在那儿。翠翠吓慌得不知所措，只锐声叫她的祖父。祖父不起身，也不答应，就赶回家里去，到得祖父床边摇了祖父许久，祖父还不作声。原来这个老年人在雷雨将息时已死去了。翠翠于是大哭起来。

考点提炼

1.下列语句中画横线的成语，使用不正确的一项是（　　）

A.沈从文有着丰富的"乡下"经验，这就使边地生活和民间文化成了他创作的最重要的源泉，尤其是沅水，在沈从文创作生涯中扮演了<u>举足轻重</u>的角色。

B.小说精心设计了主要情节发生的时节——端午和中秋，充分营造了具有地域色彩的民俗环境和背景，这一切生成了一个<u>美轮美奂</u>的湘西世界。

C.小说结尾写到作为小城标志的白塔在渡船老人死去

的那个夜晚轰然坍塌，预示了一个<u>田园牧歌</u>神话的必然终结。

D.沈从文笔下的边城是湘西乡土地域文化的一个缩影，它虽然<u>具体而微</u>，但能帮助我们懂得地域特征是中国历史中的一股社会力量。

答案：B

A项，"举足轻重"，只要脚移动一下，就会影响两边的轻重。指处于重要地位，一举一动都足以影响全局。B项，"美轮美奂"形容新屋高大美观，也形容装饰布置美好漂亮。此处用错对象。C项，"田园牧歌"泛指田园生活。D项，"具体而微"指事物的各个组成部分大体都有了，不过形状和规模比较小。

2. 下面有关文章的理解不正确的一项是（　　）

A.《边城》中有诗意爱情与势力婚姻的冲突，有翠翠父母爱情悲剧的启悟与暗示，还有由命运决定的人们难以沟通的误会。这些都使这部田园牧歌式的作品蒙上了一层深沉悲伤的色彩。

B. 爷爷从 20 岁就守在溪边，70 岁的他想在有生之年把翠翠的终身大事安排妥再离开人世，但最终他还是带着自责和遗憾在一个风雨大作的夜晚静静地去世了。

C. 翠翠和傩送的爱情悲剧是由她的个性弱点决定的，如果她克服羞怯心理，给予傩送情感的回应，傩送也就不会远走。

D.《边城》以一种平静而又浸透伤感的倾诉，再现了几个凡夫俗子，被一件普通人事牵连在一处时，个人应得的一份哀乐的悲剧命运。

答案: C

傩送出走的责任不在于翠翠的羞怯。

二十一

章节导读

　　翠翠得人们的帮助，安葬了老船夫。在老马兵的护持下，渐渐平静。谈谈祖父、说说母亲，翠翠在获得心灵的柔软之时也知道了所有事情。时候变了，一切也自然不同了，把事情弄明白了的翠翠，哭了一个夜晚。之后，她拒绝了顺顺把她接去家中作二老媳妇的意思，接手了爷爷的渡船，在修好的白塔下，孤独地等待那个用歌声托起她灵魂的青年人。

必考段落

　　大清早，帮忙的人从城里拿了绳索杠子赶来了。

老船夫的白木小棺材，为六个人抬着到那个倾圮了的塔后山岨上去埋葬时，船总顺顺，马兵，翠翠，老道士，黄狗，皆跟在后面。到了预先掘就的方阱边，老道士照规矩先跳下去，把一点朱砂颗粒同白米，安置到阱中四隅及中央，又烧了一点纸钱，爬出阱时就要抬棺木的人动手下窆。翠翠哑着喉咙干号，伏在棺木上不起身。经马兵用力把她拉开，方能移动棺木。一会儿，那棺木便下了阱，拉去了绳子，调整了方向，被新土掩盖了，翠翠还坐在地上呜咽。老道士要赶早回城，去替人做斋，过渡走了。船总事多，把这方面一切事托付给老马兵，也赶回城去了。帮忙的皆到溪边去洗手，家中各人还有各人的事，且知道这家人的情形，不便再叨扰，也不再惊动主人，过渡回家去了。于是碧溪岨便只剩下三个人，一个是翠翠，一个是老马兵，一个是由船总家派来暂时帮忙照料渡船的秃头陈四四。黄狗因为被那秃头打了一石头，怀恨在心，对于那秃头仿佛很不高兴，尽是轻轻的吠着。

到了下午，翠翠同老马兵商量，要老马兵回城去把马托给营里人照料，再回碧溪岨来陪她。老马兵回转碧溪岨时，秃头陈四四被打发回城去了。

翠翠仍然自己同黄狗来弄渡船，让老马兵坐在溪岸高崖上玩，或嘶着个老喉咙唱歌给她听。

过三天后船总来商量接翠翠过家里去住，翠翠却想看守祖父的坟山，不愿即刻进城。只请船总过城里衙门去为说句话，许杨马兵暂时同她住住，船总顺顺答应了这件事，就走了。

杨马兵既是个上五十岁了的人，说故事的本领比翠翠祖父高一筹，加之凡事特别关心，做事又勤快又干净，因此同翠翠住下来，使翠翠仿佛去了一个祖父，却新得了一个伯父。过渡时有人问及可怜的祖父，黄昏时想起祖父，皆使翠翠心酸，觉得十分凄凉。但这分凄凉日子过久一点，也就渐渐淡薄些了。两人每日在黄昏中同晚上，坐在门前溪边高崖上，谈点那个躺在湿土里可怜祖父的旧事，有许多是翠翠先前所不知道的，说来便更使翠翠心中柔和。又说到翠翠的父亲，那个又要爱情又惜名誉的军人，在当时按照绿营军勇的装束，如何使女孩子动心。又说到翠翠的母亲，如何善于唱歌，而且所唱的那些歌在当时如何流行。

时候变了，一切也自然不同了，皇帝已不再坐江山，平常人还消说！杨马兵想起自己年青作马夫时，牵了马匹到碧溪岨来对翠翠母亲唱歌，翠翠母亲不理会，到如今自己却成为这孤雏的唯一靠山唯一信托人，不由得不苦笑。

因为两人每个黄昏必谈祖父，以及这一家有关系的事情，后来便说到了老船夫死前的一切，翠翠因此明白了祖父活时所不提到的许多事。二老的唱歌，顺顺大儿子的死，顺顺父子对于祖父的冷淡，中寨人用碾坊作陪嫁妆奁，诱惑傩送二老，二老既记忆着哥哥的死亡，且因得不到翠翠理会，又被家中逼着接受那座碾坊，意思还在渡船，因此抖气下行，祖父的死因，又如何与翠翠有关……凡是翠翠不明白的事，如今可全明白了。翠翠把事情弄明白后，哭了一个夜晚。

过了四七，船总顺顺派人来请马兵进城去，商量把翠翠接到他家中去，作为二老的媳妇。但二老人既在辰州，先就莫提这件事，且搬过河街去住，等二老回来时再看看二老意思。马兵以为这件事得问翠翠。回来时，把顺顺的意思向翠翠说过后，又为翠翠出主张，以为名分既不定妥，到一个生人家里去不好，还是不如在碧溪岨等，等到二老驾船回来时，再看二老意思。

这办法决定后，老马兵以为二老不久必可回来的，就依然把马匹托营上人照料，在碧溪岨为翠翠作伴，把一个一个日子过下去。

碧溪岨的白塔，与茶峒风水有关系，塔圮坍了，不重新作一个自然不成。除了城中营管、税局以及各商号各平民捐了些钱以外，各大寨子也有人拿册子去捐钱。为了这塔成就并不是给谁一个人的好处，应尽每一个人来积德造福，尽每个人皆有捐钱的机会，因此在渡船上也放了个两头有节的大竹筒，中部锯了一口，尽过渡人自由把钱投进去，竹筒满了马兵就捎进城中首事人处去，另外又带了个竹筒回来。过渡人一看老船夫不见了，翠翠的辫子上扎了白线，就明白那老的已作完了自己分上的工作，安安静静躺在土坑里给小蛆吃掉了，必一面用同情的眼色瞧着翠翠，一面就摸出钱来塞到竹筒中去。"天保佑你，死了的到西方去，活下的永保平安。"翠翠明白那些捐钱人的怜悯与同情意思，心里酸酸的，忙把身子背过去拉船。

可是到了冬天，那个圮坍了的白塔，又重新修好了。那个在月下唱歌，使翠翠在睡梦里为歌声把灵魂轻轻浮起的青年人还不曾回到茶峒来。

……

这个人也许永远不回来了，也许"明天"回来！

考点提炼

1. 下列各句中，没有语病且句意明确的一项是（　　）

A. 沈从文说："这世界或有在沙基或水面上建造崇楼杰阁的人，那可不是我，我只想造希腊小庙。选小地作基础，用坚硬石头堆砌它。精致、结实、对称，形体虽小而不纤巧，是我理想的建筑，这庙供奉的是'人性'。"

B. 沈从文创作的小说主要有两类，一类是以湘西生活为题材，一类是以都市生活为题材。前者通过都市生活的腐化堕落，揭示都市自然人性的丧失；后者通过描写湘西人原始、自然的生命形式，赞美人性美。

C.《边城》揭示了湘西一代一代流传的古风习俗人情世态所包含的人情美和人性美，令人神往，令人惊叹。

D. 文化界流传，1988年诺贝尔奖评审委员会已经决定文学奖的获得者是沈从文。沈从文与诺贝尔文学奖失之交臂的原因是因为诺贝尔奖只颁授给在世的人。

答案：C

解析

　　A项，搭配不当，"理想的建筑"后加"特点"或"精致"前加"它"。B项，搭配不当，应把"前者"和"后者"领起的内容互换。D项，句式杂糅，应删去"的原因"或者"因为"。

　　2."坍塌了的白塔，又重新修好了。"有什么隐喻意义。

答案：白塔的倒掉又重修，象征着原始而古老的湘西的终结和对重造湘西未来的渴望。

3.“这个人也许永远不回来了，也许‘明天’回来！”这种不确定结局的结尾有什么作用？

答案：（1）未来难以预料，而翠翠却还在守候，翠翠对爱情的坚守，表现了人性美的主题。（2）反映了作者对“湘西世界”的“理想人生形式”在现代社会冲击下的隐忧。也可能终结，也可能新生。（3）创设无限的想象空间，给人以“言有尽而意无穷”的艺术感受。

4.根据《边城》文意，补写两句话，要求语意连贯，句式整齐。

人生就像一条河流，快乐和悲伤是河流的两岸。

_____的快乐是_____；悲伤是_____。

_____的快乐是_____；悲伤是_____。

答案示例：翠翠的快乐是亲情的守护，爱情的憧憬；悲伤是爷爷的离世，爱人的远走。顺顺的快乐是家人的团圆，孩子的成长；悲伤是儿子的离去，生活的孤寂。

真题演练

一、选择题

1. （2009·江苏卷）下列有关名著的说明，不正确的两项是（　　）

A. 鲁迅《呐喊·风波》中的九斤老太固守旧制度、旧习惯，她的口头禅是"一代不如一代"，这表明她与赵七爷一样，是维护封建统治势力的代表人物。

B. 沈从文《边城》叙写了一个情节曲折的爱情故事，描绘了优美的自然景物和独特的民俗风情，歌颂了淳朴善良的人性，洋溢着浓厚的湘西乡土气息。

C. 曹禺《雷雨》中有多组戏剧冲突，如周朴园与繁漪之间、周朴园与侍萍之间、周朴园与鲁大海之间，其中以周朴园与繁漪的冲突为中心。

D. 《三国演义》中，吕布追赶曹操时，曹操以手遮脸，轻松逃脱；马超紧迫曹操时，曹操"割须弃袍"，狼狈不堪。两处描写显示了吕布与马超的不同个性。

E. 海明威《老人与海》中的主人公历尽艰辛，捕获了一条特大的马林鱼，归航途中与一群鲨鱼殊死搏斗，终于保住了马林鱼。这是刻画硬汉形象的重要情节。

2. （2011·江苏省淮安卷）下列有关名著的说明，不正确的两项是（　　）

A. 《边城》让我们了解了许多湘西民俗，爷爷向翠翠所说的"走马路"的求婚方式，就是婚姻由家长做主，请了媒人到女方家提亲。

B. 郭沫若在《炉中煤》中用"炉中煤"比喻诗人像熊熊燃烧的炉火一样的爱国赤心，诗的副标题"眷念祖国的情绪"正是"炉中煤"的喻义所在。

C. 《红楼梦》"金陵十二钗正册"中的一段判词："可叹停机德，堪怜咏絮才。玉带林中挂，金簪雪里埋。"暗指了王熙凤和林黛玉两个女子的命运。

D. 桑地亚哥是《老人与海》中的一个"硬汉子"形象。从表面上来看，老人失败了，因为他失掉了大马林鱼；但从精神上来看，他胜利了。

E. 觉新是巴金在《家》中塑造得最丰满、最感人的艺术典型。作品通过这一形象揭露封建礼教吃人的本质，也向读者指出大胆反封建的道路。

3. （2012·浙江省诸暨卷）阅读下面的文字，完成（1）（2）两道小题。

　　翠翠想起自己先前骂人那句话，心里又吃惊又害羞，再也不说什么，默默的随了那火把走去。

　　翻过了小山岨，望得见对溪家中火光时，那一方面也看见了翠翠方面的火把，老船夫即刻把船拉过来，一面拉船一面哑声儿喊问："翠翠，翠翠，是不是你？"翠翠不理会祖父，口中却轻轻的说："<u>不是翠翠，不是翠翠，翠翠早被大河中鲤鱼吃去了</u>。"翠翠上了船，二老派来的人，打着火把走了，祖父牵着船问："翠翠，你怎么不答应我，生我的气了吗？"

<u>翠翠站在船头还是不作声</u>。翠翠对祖父那一点儿埋怨，等到把船拉过了溪，一到了家中，看明白了醉倒的另一个老人后，就完事了。<u>但另一件事，属于自己不关祖父的，却使翠翠沉默了一个夜晚</u>。

（1）下面对文中画线语句的理解和分析，不正确的一项是（   ）

A. "心里又吃惊又害羞"是翠翠为自己"先前"竟然能骂出"你个悖时砍脑壳的"这句"狠"话，感到惊讶，也不免有些羞愧。

B. "不是翠翠……翠翠早被大河中鲤鱼吃去了"以否认甚至"诅咒"自己的"自欺欺人"的话，表达了她对祖父的生气和"埋怨"。

C. "翠翠站在船头还是不作声"表明翠翠还在生他祖父的气，"不理会"实际上就是对爷爷的"喊问"没有应答，想让祖父担心。

D. "但是另外一件事……却使翠翠沉默了一个夜晚"，"属于自己"且"沉默了一个夜晚"的"另外一件事"，就是翠翠用粗话骂人。

（2）下面对上述文字的分析鉴赏，不恰当的一项是（　　）

A. 第一段描写了翠翠的心理和行为，当知道是被自己骂过的人派人来送她，感觉很愧疚，从一个侧面刻画出翠翠内心的善良和纯洁。

B. 第二段通过祖父"喊问"、翠翠"不理会"和"口中却轻轻的说"等，不但表现了人物的性格，也表明翠翠在祖父那里是要撒娇的。

C. 第三段描写翠翠回到家里，看到"醉倒了的另一个老人"，便不再生气了，暗示了她其实并没有真生祖父的气，而是逗爷爷玩的。

D. 这几段文字借助行为描写、语言描写和心理描写等，着重刻画了翠翠这个稍有几分任性，又很天真、纯洁而且善良的人物形象。

4. （2017·北京卷）鄂温克人与根河有着密切的联系。下列对经典作品中环境与人物的联系理解不正确的一项是（　　）

A. 大观园是《红楼梦》中人物活动的一个主要场所，正是这个众姐妹诗意生活着的"世外桃源"，造就了贾宝玉力求摆脱世俗的叛逆性格。

B. 《边城》的故事发生在 20 世纪 30 年代，湘西小镇茶峒。山明水净的湘西风光映衬了翠翠、爷爷、傩送等人物心灵的澄澈与人性的善良美好。

C. 《红岩》讲述的是在黎明前的黑暗里，共产党员在监狱中艰苦卓绝的斗争，牢房的阴暗、刽子手的凶残，突显了革命者信念的坚定、意志的坚强。

D. 《阿 Q 正传》写的故事以辛亥革命时期的未庄为主要场景，赵太爷、假洋鬼子为代表的统治阶级对阿 Q 的压迫与欺凌，是阿 Q "精神胜利法"形成的重要原因。

二、填空题

（2012·山东省郓城卷）请仿照示例，补写出下面作品中两个人物的话，以表达其对"人生"的理解。要求：符合人物的思想性格，句式相近，每句不超过 30 字。

示例：《祝福》中的祥林嫂说："人生就是逆来顺受，安于天命，把生命交给别人。"

（1）《水浒》中的鲁达说："＿＿＿＿＿＿＿＿＿＿。"

（2）《边城》中的翠翠说："＿＿＿＿＿＿＿＿＿＿。"

三、简答题

1. （2013·江苏卷）简答题

《边城》中，二老说："爸爸，你以为这事为你，家中多座碾坊多个人，便可以快活，你就答应了。若果为的是我，我要好好去想一下，过些日子再说它吧。我尚不知道我应当得座碾坊，还应当得一只渡船，因为我命里或只许我撑个渡船！""得座碾坊"和"得一只渡船"分别指什么？"我尚不知道我应当得座碾坊，还应当得一只渡船"的根本原因是什么？

_____

2. （2015·江苏卷）简答题

《边城》中，端午赛龙舟，二老失足落水，上岸后迎面碰上翠翠。翠翠没有说话，到处找黄狗。黄狗泅水而来，翠翠说："得了，你又不翻船，谁要你落水呢？"翠翠对黄狗说话这一情节，体现了她什么样的心理活动？

_____

3. （2010·河南卷）按照要求，把下面的四句话从两个角

度改写成两句话，并保留原有信息。（可酌情增减词语）

①《边城》是我国现代文学史上被誉为"一颗千古不磨的珠玉"的中篇小说。

② 沈从文是中篇小说《边城》的作者。

③ 小说叙述了翠翠与傩送的爱情悲剧。

④ 湘西秀丽的风光和质朴的人情被小说生动地描写了出来。

（1）以《边城》为主语。

（2）以沈从文为主语。

4. （2010·河南卷）将下面的一段话改写为句式整齐的一段话。（可适当更换词语，但不能改变原意）

边城是一幅五彩的画，她如诗，她又像一曲婉转的歌。假如置身其中，浑身的污垢自然澄清，日常的烦恼可以洗尽。她可以冲散劳累和忧愁，她还能滋润我们的心灵，留下甜蜜与欢乐。我爱边城的美，也爱她的奉献与辛勤，同样也爱她的有滋有味与不倦拼搏。

5. （2015·湖北省黄冈卷）

文学意象种类繁多，意味隽永。作家或因成功塑造一个事物而独具特色，或因植根于地域文化而自成一派，或因深刻反映一个主旨而崇高伟大。作家与意象有着不解之缘。请参照示例，从下列三组"作家——意象"中任选一组，拟写一副对联。要求：（1）结合课文内容，作家可不出现，但意象要点明；（2）字数不超过30字。

【示例】陶渊明——菊花　对联：桃源梦美溪旁见，东篱菊香南山明。

【选写】戴望舒——雨巷　朱自清——荷塘　沈从文——边城

6. （2012·黑龙江省宁安卷）阅读下面的文章，回答问题。

我所生长的地方

拿起我这支笔来，想写点我在这地面上二十年所过的日子，所见的人物，所听的声音，所嗅的气味；也就是说我真真实实所受的人生教育，首先提到一个我从那儿生长的边疆僻地小城时，实在不知道怎样来着手就较方便些。我应当照城市中人的口吻来说，这真是一个古怪地方！只由于两百年前满人治理中国土地时，为镇抚与虐杀残余苗族，派遣了一队戍卒屯丁驻扎，方有了城堡与居民。这古怪地方的成立与一切过去，有一部《苗防备览》记载了些官方文件，但那只是一部枯燥无味的官书。我想把我一篇作品里所简单描绘过的那个小城，介绍到这里来。这虽然只是一个轮廓，但那地方一切情景，欲浮凸起来，仿佛可用手去摸触。

一个好事人，若从二百年前某种较旧一点的地图上去寻找，当可在黔北、川东、湘西一处极偏僻的角隅上，发现了一个名为"镇"的小点。那里同别的小点一样，事实上应当有一个城市，在那城市中，安顿下三五千人口。不过一切城市的存在，大部分都在交通、物产、经济活动情形下面，成为那个城市枯荣的因缘，这一个地方，却以另外一个意义无所依附而独立存在。试将那个用粗糙而坚实巨大石头砌成的圆城作为中心，向四方展开，围绕了这边疆僻地的孤城，约有五百左右的碉堡，二百左右的营汛。碉堡各用大石块堆成，位置在山顶头，随了山岭脉络蜿蜒各处走去；营汛各位置在驿路上，布置得极有秩序。这些东西在一百八十年前，是按照一种精密的计划，各保持相当距离，在周围数百里内，平均分配下来，解决了退守一隅常作"蠢动"的边苗"叛变"的。

两世纪来满清的暴政，以及因这暴政而引起的反抗，血染红了每一条官路同每一个碉堡。到如今，一切完事了，碉堡多数业已毁掉了，营汛多数成为民房了，人民已大半同化了。落日黄昏时节，站到那个巍然独在万山环绕的孤城高处，眺望那些远近残毁碉堡，还可依稀想见当时角鼓火炬传警告急的光景。这地方到今日，已因为变成另外一种军事重心，一切皆用一种迅速的姿势在改变，在进步，同时这种进步，也就正消灭到过去的一切。

凡有机会追随了屈原溯江而行那条长年澄清的沅水，向上游去的旅客和商人，若打量由陆路入黔入川，不经古夜郎国，不经永顺、龙山，都应当明白"镇"是个可以安顿他的行李最可靠也最舒服的地方。那里土匪的名称不习惯于一般人的耳朵。兵卒纯善如平民，与人无侮无扰。农民勇敢而安分，且莫不敬神守法。商人各负担了花纱同货物，洒脱的向深山中村庄走去，同平民作有无交易，谋取什一之利。地方统治者分数种：最上为天神，其次为官，又其次才为村长同执行巫术的神的侍奉者。人人洁身信神，守法爱官。每家俱有兵役，可按月各自到营上领取一点银子，一份米粮，且可从官家领取二百年前被政府所没收的公田耕耨播种。城中人每年各按照家中有无，到天王庙去杀猪，宰羊，磔狗，献鸡，献鱼，求神保佑五谷的繁殖，六畜的兴旺，儿女的长成，以及作疾病婚丧的禳解。人人皆依本分担负官府所分派的捐款，又自动的捐钱与庙祝或单独执行巫术者。

一切事保持一种淳朴习惯，遵从古礼；春秋二季农事起始与结束时，照例有年老人向各处人家敛钱，给社稷神唱木傀儡戏。旱暵祈雨，便有小孩子共同抬了活狗，带上柳条，或扎成草龙各处走去。春天常有春官，穿黄衣各处念农事歌词。岁暮年末居民便装饰红衣傩神于家中正屋，捶大鼓如雷鸣，苗巫穿鲜红如血衣服，吹镂银牛角，拿铜刀，踊跃歌舞娱神。城中的住民，多当时派遣移来的戍卒屯丁，此外则有江西人在此卖布，福建人在此卖烟，广东人在此卖药。地方由少数读书人与多数军官，在政治上与婚姻上两面的结合，产生一个上层阶级，这阶级一方面用一种保守稳健的政策，长时期管理政治，一方面支配了大部分属于私有的土地；而这阶级的来源，却又仍然出于当年的戍卒屯丁，地方城外山坡上产桐树杉树，矿坑中有朱砂水银，松林里生菌子，山洞中多硝。

城乡全不缺少勇敢忠诚适于理想的兵士，与温柔耐劳适于家庭的妇人。在军校阶级厨房中，出异常可口的菜饭，在伐树砍柴人口中，出热情优美的歌声。

地方东南四十里接近大河，一道河流肥沃了平衍的两岸，多米，多橘柚。西北二十里后，即已渐入高原，近抵苗乡，万山重叠。大小重叠的山中，大杉树以长年深绿逼人的颜色，蔓延各处。一道小河从高山绝涧中流出，汇集了万山细流，沿了两岸有杉树林的河沟奔驶而过，农民各就河边编缚竹子作成水车，引河中流水，灌溉高处的山田。河水长年清澈，其中多鳜鱼、鲫鱼、鲤鱼，大的比人脚板还大。河岸上那些人家里，常常可以见到白脸长身见人善作媚笑的女子。小河水流环绕"镇"北城下驶，到一百七十里后方汇入辰河，直抵洞庭。

这地方又名凤凰厅，到民国后便改成了县治，名凤凰县。辛亥革命后，湘西镇守使与辰沅道皆驻节在此地。

地方居民不过五六千，驻防各处的正规兵士却有七千。由于环境的不同，直到现在其地绿营兵役制度尚保存不废，为中国绿营军制唯一残留之物。

我就生长在这样一个小城里，将近十五岁时方离开。出门两年半回过那小城一次以后，直到现在为止，那城门我还不再进去过。但那地方我是熟悉的。现在还有许多人生活在那个城市里，我却常常生活在那个小城过去给我的印象里。

——节选自沈从文《我所生长的地方》

（1）"却以另外一个意义无所依附而独立存在"一句中"另外一个意义"指的是什么？

（2）作者所描写的家乡人民的纯朴、善良与安分，可以用文中的哪一句话概括？

（3）作者说"这真是一个古怪地方"，结合全文说说，作者的家乡古怪在哪里？

（4）以下关于本文的叙述中，正确的两项是（　　）

A. 本文作者分别从历史、地理、民风、民俗、物产、气候等方面描绘了自己的家乡。

B. 从文中我们可以感受到作者怀念并且热爱他的家乡——一个拥有两百多年历史的民风淳朴的小山村。

C. "同时这种进步，也就正消灭到过去的一切"是一种无可奈何的叹息，反映了作者消极保守的历史观。

D. "那里土匪的名称不习惯于一般人的耳朵"暗示那里民风淳善，几乎没有土匪出没。

E. 本文风格恬淡自然，语言清新舒缓，情调略带忧郁，具有典型的沈式散文特征。

7.（2013·江西卷）阅读下面的文字，完成（1）—(4)题。

平常的沈从文

黄永玉

从一九四六年起，我同表叔沈从文开始通信，积累到"文化大革命"前，大约有了一两百封。可惜在"文革"时，全给弄得没有了。解放后，人民文学出版社第一次为他出的一本作品选中，他自己的序言说过这样一句话："我和我的读者都行将老去。"那是在五十年代中期，现在九十年代了。这句伤感的预言并没有应验，他没有想到，他的作品和他的读者都红光满面长生不老。

他的一生，是不停的"完成"的一生。他自己也说过："我从来没想过'突破'，我只是'完成'。"如果想要在他头上加一个非常的形容词的话，他是非常非常平常的"平常"。他的人格、生活、情感、欲望、工作和与人相处的方式，都在平常的状态运行。老子说"上善若水"，他就像水那么平常，永远向下，向人民流动，滋养生灵，长年累月生发出水磨石穿的力量。

因为平常，在困苦生活中才能结出从容的丰硕果实。

好些年前，日本政府派了三个专家来找我。据说要向我请教，日本某张钞票上古代皇太子的画像，因为服饰制度上出现了疑点，所以怀疑那位皇太子是不是真的皇太子。若果这样，那张钞票就可能要废止了。这是个大事情，问起我，我没有这个知识。我说幸好有位研究这方面的大专家长辈，我们可以去请教他。

在他的客厅里请他欣赏带来的图片。

他仔细地翻了又翻，然后说"……既然这位太子在长安住过很久，人又年轻，那一定是很开心的了。青年人嘛！长安是很繁荣的，那么买点外国服饰穿戴穿戴、在迎合新潮中得到快乐那是有的；就好像现在的青年男女穿牛仔裤赶时髦一样。如果皇上接见或是盛典，他是会换上正统衣服的""敦煌壁画上有穿黑白直条窄裤子的青年，看得出是西域的进口裤子。不要因为服装某些地方不统一就否定全局，要研究那段社会历史生活、制度的'意外'和'偶然'""你们这位皇太子是个新鲜活泼的人，在长安的日子过得好，回日本后也不舍得把长安带回的这些服饰丢掉，像我们今天的人留恋旅游纪念品的爱好一样……"

问题就释然了，听说那张钞票今天还在使用。

客人问起他的文学生活时，他也高兴地说到正在研究服饰的经过，并且说："……那也是很'文学的！'"

并且哈哈笑了起来——"我像写小说那样写它们。"

这是真的，那是本很美的文学作品。

沈从文对待苦难的态度十分潇洒。

"文革"高潮时，我们已经很久没见面了，忽然在东堂子胡同迎面相遇了，他看到我，却装着没看到我，我们擦身而过。这一瞬间，他头都不歪地说了四个字："要从容啊！"他是我的亲人，是我的骨肉长辈，我们却不敢停下来叙叙别情，交换交换痛苦；不能拉拉手，拥抱一下，痛快地哭一场。

"要从容啊！"这几个字包含了多少内情。也好像是家乡土地通过他的嘴巴对我们两代人的关照、叮咛、鼓励。

日子松点的时候，我们见了面，能在家里坐一坐喝口水了。有一次，他说他每天在天安门历史博物馆扫女厕所，"这是造反派领导、革命小将对我的信任，虽然我政治上不可靠，但道德上可靠……"

又有一次，他说，有一天开斗争会的时候，有人把一张标语用糨糊刷在他的背上，斗争会完了，他揭下那张"打倒反共文人沈从文"的标语一看，说："那书法太不像话了，在我的背上贴这么蹩脚的书法，真难为情！他原应该好好练一练的！"

时间过得很快，他到湖北咸宁干校去了，我也到河北磁县在解放军监管下劳动了三年，我们有通信。他那个地方虽然名叫双溪，有万顷荷花，老人家身心的凄苦却是可想而知的。他来信居然说："这里周围都是荷花，灿烂极了，你若来……"在双溪，身边无任何参考，仅凭记忆，他完成了二十一万字的服装史。

钱钟书先生，我们同住在一个大院子里，一次在我家聊天他谈到表叔时说："你别看从文这人微笑温和，文雅委婉，他不干的事，你强迫他试试！"

表叔是一个连小学都没有毕业的人，他的才能智慧、人格品质究竟是从哪里来的呢？我想，是我们故乡山水的影响吧。

（1）请概括本文的主题。

（2）解释下面两句话在文中的含义。

①他的作品和他的读者都红光满面，长生不老。

②这里周围都是荷花，灿烂极了，你若来……

（3）本篇是写人记事的散文，文中不乏精彩的议论。试分析"这是真的，那是本很美的文学作品"这句议论的作用。

（4）指出下面这句话所体现的人物语言特色，分析它的表达效果。

那书法太不像话了，在我的背上贴这么蹩脚的书法，真难为情！他原应该好好练一练的！

8. （2009·湖南卷）阅读下面的文字，完成（1）—（5）题。

云南看云

沈从文

云南是因云而得名的，可是外省人到了云南一年半载后，一定会和本地人差不多，对于云南的云，除了只能从它变化上得到一点晴雨知识，就再也不会单纯的来欣赏它的美丽了。看过卢锡麟先生的摄影后，必有许多人方俨然重新觉醒，明白自己是生在云南，或住在云南。

战争给了许多人一种有关生活的教育，走了许多路，过了许多桥，睡了许多床，此外还必然吃了许多想象不到的苦头。然而真正具有深刻教育意义的，说不定倒是明白许多地方各有各的天气，天气不同还多少影响到一点人事。云有云的地方性：中国北部的云厚重，人也同样那么厚重。南部的云活泼，人也同样那么活泼。海边的云幻异，渤海和南海云又各不相同，正如两处海边的人性情不同。河南河北的云一片黄，抓一把下来似乎就可以作窝窝头，云粗中有细，人亦粗中有细。湖湘的云一片灰，长年挂在天空一片灰，无性格可言，然而橘子辣子就在这种地方大量产生，在这种天气下成熟，却给湖南人增加了生命的发展性和进取精神。四川的云与湖南云虽相似而不尽相同，巫峡峨眉夹天耸立，高峰把云分割又加浓，云有了生命，人也有了生命。

云南的云给人印象大不相同，它的特点是素朴，影响到人性情，也应当是挚厚而单纯。它似乎是用西藏高山的冰雪和南海长年的热浪，两种原料经过一种神奇的手续完成的。色调出奇的单纯。唯其单纯反而见出伟大。尤以天时晴明的黄昏前后，光景异常动人。而在这美丽天空下，人事方面，我们每天所能看到的，除了官方报纸虚虚实实的消息，物价的变化，空洞的论文，小巧的杂感，此外似乎到处就只碰到"法币"。大官小官商人和银行办事人直接为法币而忙，教授学生也间接为法币而忙。其余平常小职员、小市民的脑子，成天打算些什么，就可想而知了。云南的云即或再美丽一点，对于那个真正的多数人，还似乎毫无意义可言的。

近两个月来本市连续的警报，城中二十万市民，无一不早早的就跑到郊外去，向天空把一个颈脖昂酸，无一人不看到过几片天空飘动的浮云，仰望结果，不过增加了许多人对于财富得失的忧心罢了。就在这么一个社会这么一种精神状态下，卢先生却来昆明展览他在云南的摄影，告给我们云南法币以外还有些什么值得注意。即以天空的云彩言，色彩单纯的云有多健美，多飘逸，多温柔，多崇高！观众人数多，批评好，正说明只要有人会看云，就能从云影中取得一种诗的感兴和热情，还可望将这种可贵的感情，转给另外一种人。换言之，就是云南的云即或不能直接教育人，还可望由一个艺术家的心与手，间接来教育人。可是我以为得到"赞美"还不是艺术家最终的目的，应当还有一点更深的意义。我意思是如果一种可怕的庸俗的实际主义正在这个社会各组织各阶层间普遍流行，腐蚀我们多数人做人的良心、做人的理想，且在同时还像是正在把许多人有形无形市侩化，社会中优秀分子一部分所梦想所希望，也只是糊口混日子了事，毫无一种较高尚的情感，更缺少用这情感去追求一个美丽而伟大的道德原则的勇气时，我们这个民族应当怎么办？大学生读书目的，不是站在柜台边作行员，就是坐在公事房作办事员，脑子都不用，都不想，只要有一碗饭吃就算有了出路。甚至于做政论的、做讲演的、写不高明讽刺文的、习理工的、玩玩文学充文化人的……出路打算也都是只顾眼前。大家眼前固然都有了出路，这个国家的明天，是不是还有希望可言？我们如真能够像卢先生那么静观默会天空的云彩，云物的美丽景象，也许会慢慢的陶冶我们，启发我们，改造我们，使我们习惯于向远景凝眸，不敢堕落，不甘心堕落，我以为这才像是一个艺术家最后的目的。正因为这个民族是在求发展，求生存，战争已经三年，战争虽败北，虽死亡万千人民，牺牲无数财富，可并不气馁，相信坚持抗战必然翻身。就为的是这战争背后还有个壮严伟大的理想，使我们对于忧患之来，在任何情形下都能忍受。我们其所以能忍受，不特是我们要发展，要生存，还要为后来者设想，使他们活在这片土地上更好一点，更像人一点！我们责任那么重，那么困难，所以不特多数知识分子必然要有一个较坚朴的人生观，拉之向上，推之向前，就是作生意的，也少不了需要那么一份知识，方能够把企业的发展与国家的发展放在同一目标上，分途并进，异途同归，抗战到底！

所以我觉得卢先生的摄影，不仅仅是给人看看，还应当给人深思。

——选自《沈从文随笔：生之记录》

北京大学出版社 2007 年版，有删改

（1）"看过卢锡麟先生的摄影后，必有许多人方俨然重新觉醒，明白自己是生在云南，或住在云南。"句中"俨然"的含义是＿＿＿＿＿＿＿＿；就文章结构而言，该句在全文中的作用是＿＿＿＿＿＿＿＿。

（2）作者希望"我们"也"静观默会天空的云彩"的目的是什么？

（3）在第2自然段中，作者写"云有云的地方性"的用意是什么？运用了哪些艺术手法？

（4）请简析文中云南的"云"的主要特点及象征意义。

（5）紧扣《云南看云》一文中的"看"字，赏析该文主题的表达（300字左右）。

四、微写作

（2017·北京卷）从下面三个题目中，任选一题，按要求作答，180字左右。

①《根河之恋》里，鄂温客人从原有的生活方式走向了新生活，《平凡的世界》里也有类似的故事。请你从中选取一个例子，叙述情节，并作简要点评。要求：符合原著内容，条理清楚。

②请从《红楼梦》中的林黛玉、薛宝钗、史湘云、香菱之中选择一人，用一种花来比喻她，并且要陈述这样比喻的理由。要求：依据原著，自圆其说。

③如果请你从《边城》里的翠翠、《红岩》里的

江姐、《一件小事》里的人力车夫、《老人与海》里的桑提亚哥之中，选择一个人物，依据某个特定情境，为他（她）设计一尊雕像，你将怎样设计呢？要求描述雕像的体态、外貌、神情等特征，并依据原著说明设计的意图。

参考答案

一、选择题

1. AE

2. AC　解析：A项"婚姻由家长做主，请了媒人到女方家提亲"应为"走车路"的求婚方式；C项暗指了薛宝钗和林黛玉两个女子的命运。

3.（1）D　解析：对傩送的微妙心理让翠翠沉默。

（2）C　解析：没有逗爷爷玩。

4. A　解析：贾宝玉叛逆性格的形成更有其生活的社会环境、家庭环境等多方面因素的影响。

二、填空题

示例:（1）人生就是敢作敢当，风风火火，让生命大放光芒。

（2）人生就是拥抱亲情，守望爱情，让生命充满温馨。

三、简答题

1. "得座碾坊"，是指他与王家女儿的婚姻；"得一只渡船"，是指他与翠翠的婚姻。他认为，哥哥天保的死与自己有关，觉得自己如果娶了翠翠就对不起哥哥。

2. 因为听到碾坊一事，心中有些忧愁、嗔怪；因为二老明明对自己有意，又隐隐地有些欢喜。

3. （1）《边城》是沈从文创作的我国现代文学史上被誉为"一颗千古不磨的珠玉"的中篇小说，它叙述了翠翠与傩送的爱情悲剧，生动地描写了湘西秀丽的风光和质朴的人情。（或：我国现代文学史上被誉为"一颗千古不磨的珠玉"的《边城》是沈从文创作的中篇小说，它叙述了翠翠与傩送的爱情悲剧，生动地描写了湘西秀丽的风光和质朴的人情。）

（2）沈从文是我国现代文学史上被誉为"一颗千古不磨的珠玉"的中篇小说《边城》的作者，在小说中他讲述了翠翠与傩送的爱情悲剧，生动地描写了湘西秀丽的风光和质朴的人情。

解析：本题关键是看什么做主语，然后再组织这四句话，把主谓宾搭配正确，再合理添加枝叶成分。一定不能出现语法错误，更不能更改原有信息。这是属于典型的短句变为长句的题目，注意整句话的谐调一致。

4.示例:边城真美啊!美得像一幅五彩的画,又像是一首灵动的诗,还像一曲婉转的歌。这种美澄清了我们浑身的污垢,洗尽了我们日常的烦恼,冲散了我们的劳累,带走了我们的忧愁,滋润了心灵,留下了快乐,留下了甜蜜。我爱边城,爱她的美;我爱她的奉献,爱她的辛勤;我爱她的有滋有味与不倦拼搏。

解析:这段文字有两项大的内容:一是说边城的美,一是说我爱边城的美。抓住这两项内容,不难做出合理的回答。

5.示例:

戴望舒——雨巷:丁香淡淡,花也香来人也香;雨巷长长,路也长来梦也长。

朱自清——荷塘:曲径荷塘月色满,最是幽僻;月夜彷徨心难平,颇不宁静。

沈从文——边城:湘西边城上演唯美爱情,纯朴人性构筑精神家园。

6.(1)军事方面的意义。

(2)人人洁身信神,守法爱官。

(3)①从表面看,即如作者所提,家乡的建立过程与众有别,不是由于交通、物产、经济等原因自然形成,而是出于军事需要。②更深一层看,它的古怪在于其淳朴的民风、祥和的气氛同作者当时所处的战争大环境及其常年作为军事驻地的身份形成强烈反差。那是一个全无杀戮气息和战争味道的战争阵地。

（4）DE 解析：A 项，应排除"气候"一项。B 项，应为"县城"。C 项，"这种进步"实指军事上的扩张，全句真实含义是反对穷兵黩武，渴望保留淳朴民风。

7.（1）本文通过叙述沈从文平常而又不平常的工作、生活，表现了他卓越的才华和从容潇洒的人生态度，表达了作者对沈从文的尊崇和缅怀之情。

（2）①运用拟人等方法，形象地表现出沈从文的作品现在有魅力，将来也会有永久的生命力，会拥有越来越广泛的读者。

②鼓励作者在逆境中要保持乐观心态，表达深厚的叔侄之情，同时体现沈从文身处逆境却豁然达观。

（3）①对所叙之事进行总结；②肯定了所叙之事的价值和意义；③包含着对沈从文的高度评价。

（4）特色：幽默风趣、意味深长。效果：沈从文这句意味深长的话既委婉地吐露了心中的不平之气，显示了自己的人格尊严，又含蓄地讽刺了侮辱他的人，表达了对他们的轻蔑态度。

8.（1）（许多人看云之后觉悟到对国家、民族的责任以及人生价值后的）庄重或严肃的样子；总括并领起全文。

（2）让云的美丽景象陶冶我们，启发我们，改造我们，使我们习惯于向远景凝眸，不敢堕落，不甘心堕落（就在"静观默会天空的云彩"后面）。

（3）作者写"云有云的地方性"的用意是将"云"与人事勾连起来，为写云南的云给人的深刻的教育意义铺垫张本。运用了对举、铺陈、比拟、夸张等艺术手法。

（4）云南的"云"的主要特点素朴、单纯。云南的"云"的象征意义：始终坚守一个庄严伟大的理想——把个人的发展统一到国家民族发展的同一目标上：抗战必胜（抗战到底）。

（5）解析：①根据题意，须紧扣"看"字，赏析文章主题的表达。要求意思完整、语句通顺、书写规范。300字左右。

②既可作全面而概括的赏析，也可就某一方面或特点作具体深入的赏析。

③赏析要点如下：本文的主题是通过对人们看云的不同结果比照叙述，寄望人们从"静观默会天空的云彩"的意义中得到教育和启发，表达了"抗战到底"的坚定信念。赏析应当紧扣文本进行，角度可以多样。

四、微写作

答题解析：

写作①时要注意两点：一是从《平凡的世界》中选择的一个情

节，需要体现从原有的生活方式走向新的生活方式的特点；二是点评时应突出新与旧、现代与传统的关系，无论是叙述还是议论，应言简意赅。

写作②时要注意三点：一是选择的一种花，应依据原著体现人物的性格、性情、命运遭际等；二是比喻的形式应恰当；三是写作时应按照命题相关形式要求，什么花比什么人，为什么要以这种花来比这个人。

写作③时注意：一是选取熟悉作品，精选印象深刻的原著场景；二是描述人物肖像，并结合原著场景情节概括人物表现出来的形象特点；三是注意用语准确，字数合规。

命题特点：考查学生阅读视野，要求学生有阅读基础，对于名篇佳作精细阅读，了解原著内容、作者意图，会简单赏析评价。

作文素材

1.近水人家多在桃杏花里，春天只需注意，凡有桃花处必有人家，凡有人家处必可沽酒。

赏析

嘉树掩映，桃花缤纷，酒香四溢。安闲和乐的生活中，春意盎然，生机无限。此处即是纷乱世间众人憧憬的世外桃源。

2. 一个对于诗歌图画稍有兴味的旅客，在这小河中，蜷伏于一只小船上，作三十天的旅行，必不至于感到厌烦，正因为处处有奇迹，自然的大胆处与精巧处，无一处不使人神往倾心。

赏析

蜷伏小船三十天不厌烦，运用夸张令人对湘西自然之美心驰神往，更见作者对边城的眷恋与深爱。也只有这样的极致美景，才会孕育人性之灵。

3. 凡事都有偶然的凑巧, 结果却又如宿命的必然。

一次相遇, 一生守候。翠翠与傩送一见钟情的邂逅, 决定了两人对爱的执着与坚守。这是性灵的必然, 是真情的宿命。

---

4. 在这个世界上, 所有真性情的人, 想法总是与众不同。

熙熙攘攘, 利来利往。于众人皆醉时独醒, 众人皆浊时独清。保有真性情, 便有些特立独行, 很难泯然于众。边地小城的人们, 正以其真性情, 在中国文化中, 拥有了一份与众不同。

---

5. 一个人记得事情太多真不幸, 知道事情太多也不幸, 体会到太多事情也不幸。

这是老船夫内心的痛苦和挣扎。他根据自己丰富的人生体验极力帮助孙女获得幸福，却仍然只能无力地看着悲剧的发生。

6. 他们生活虽那么同一般社会疏远，但是眼泪与欢乐，在一种爱憎得失间，揉进了这些人生活里时，也便同另外一片土地另外一些年轻生命相似，全个身心非那点爱憎所浸透，见寒作热，忘了一切。若有多少不同处，不过是这些人更真切一点，也更近于糊涂一点罢了。

这是沈从文心中的湘西原民，与城市人们相比较，他们爱憎分明，真实地做人，真切地生活。这是作者对城市虚伪的厌弃，对边城朴素真情的讴歌。

7. 水是各处流的，火是各处烧的，月亮是各处照的，爱情是各处可到的。

赏析

以博喻的方式呈现出边民们古朴的爱情观：爱是纯正天性的本能追求，是内心情感的自然倾吐。顺应本性，自然爱，大胆爱。当然，这也是对翠翠与傩送感情的注脚，爱情，总会无可预料地随时到来。

---

8. 这并不是人的罪过，诗人们会在一件小事上写出整本整部的诗，雕刻家在一块石头上雕刻出骨血相生的人像，画家一撇绿，一撇红，一撇灰，画得出一幅一幅带有魔力的彩画，谁不是为了惦着一个微笑的影子，或是一个皱眉的记号，方弄出那么些古怪成绩？

赏析

总有一个人会在生命中留下与众不同的印记，让人不由自主、心思相系。这句话告诉我们，翠翠的生命中，已经不可避免地刻下了傩送的印记，即便那个人，可能不再出现。

9. 两人仍然划船过日子，一切依旧，惟对于生活，却仿佛什么地方有了个看不见的缺口，始终无法填补起来。

伤痕一旦形成，便难以愈合。即便我们以一切如常的假象敷衍，但心里的痛楚清晰可见。不要说把一切交给时间，破碎的镜子总是难圆。依旧的只是生活，而不是情感。沈从文一语道破天保之死给祖孙二人生活与情感带来的巨大影响。

---

10. 每一只船总要有一个码头，每一只雀儿得有一个巢。

爷爷真切地希望在自己百年之后，翠翠仍然有人疼、有人爱，有人时时给予她关怀与温暖。通俗的比喻有浓厚的地方特色，而老船夫对孙女朴素而深沉的爱护令人动容。

❀技法提升❀

1 景物描写，审美追求的投射

景物描写是小说立体化的必要技法，沈从文从现实取材，信手拈来。《边城》中田园牧歌风的景物描写俯拾即是："小溪流下去，绕山岨流，约三里便汇入茶峒的大河。人若过溪越小山走去，则只一里路就到了茶峒城边。溪流如弓背，山路如弓弦，故远近有了小小差异。小溪宽约二十丈，河床为大片石头作成。静静的水即或深到一篙不能落底，却依然清澈透明，河中游鱼来去皆可以计数。"

"月光如银子，无处不可照及，山上篁竹在月光下皆成为黑色。身边草丛中虫声繁密如落雨。间或不知道从什么地方，忽然会有一只草莺'落落落落嘘！'㪌着它的喉咙，不久之间，这小鸟儿又好像明白这是半夜，不应当那么吵闹，便仍然闭着那小小眼儿安睡了。"比喻的修辞、动静结合的手法，形象地描写了世外桃源般的恬静，如诗如画。边城的古朴又是人物的自然之美、人性之美的外化，使小说的古典美与人情美水乳交融。景物描写重在与人物、主题契合，相辅相成。富有特色的景物描写能够体现创作者的审美追求，赋予文字生命。

心理描写，隐秘情感的表达

　　《边城》以细致入微的心理描写反映少女隐秘的内心世界。"翠翠到河下时，小小心腔中充满了一种说不分明的东西。是烦恼吧，不是！是忧愁吧，不是！是快乐吧，不，有什么事情使这个女孩子快乐呢？是生气了吧，——是的，她当真仿佛觉得自己是在生一个人的气，又像是在生自己的气。""爷爷今年七十岁……三年六个月的歌——谁送那只白鸭子呢？……得碾子的好运气，碾子得谁更是好运气？……"羞涩的翠翠内心的情感无处倾诉，细腻的心理描写将默默而孤独的翠翠对美好爱情的向往真实呈现，让朦胧与诗意具有了人性的可爱。紧密结合人物性格，细致体察挖掘内心，能让人物更多生命的真实与鲜活。

图书在版编目（CIP）数据

边城·精解速读 / 沈从文著；张茵导读. — 北京：中国国际广播
出版社，2017.8
（新课标必读名著名师备考丛书 / 董一菲主编）
ISBN 978-7-5078-4043-8

Ⅰ.①边…　Ⅱ.①沈…②张…　Ⅲ.①中篇小说—中国—现代　Ⅳ.①I246.5

中国版本图书馆CIP数据核字（2017）第155046号

边城·精解速读

著　　者	沈从文	
导　　读	张　茵	
主　　编	董一菲	
执行主编	张金波	
策划编辑	张娟平	
责任编辑	笑学婧	
版式设计	章　剑	
责任校对	徐秀英	

出版发行	中国国际广播出版社［010-83139469　010-83139489（传真）］	
社　　址	北京市西城区天宁寺前街2号北院A座一层	
	邮编：100055	
网　　址	www.chirp.com.cn	
经　　销	新华书店	
印　　刷	环球东方（北京）印务有限公司	

开　　本	880×1230　1/32	
字　　数	60千字	
印　　张	5.75	
版　　次	2017 年 8 月 北京第一版	
印　　次	2017 年 8 月 第一次印刷	
定　　价	19.90元	